Cet ouvrage, publié dans le cadre du Programme d'aide à la Publication Sejong,
a bénéficié du soutien de l'Institut français de Corée du Sud.
이 책은 주한프랑스문화원 세종 출판번역지원프로그램의 도움으로 출간되었습니다.

눈표범

La Panthère des neiges

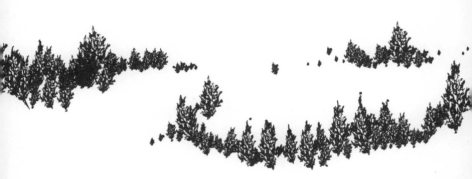

실뱅 테송 지음 · 김주경 옮김   Sylvain Tesson   북레시피

한국 독자들에게

한국에는 표범이 있는지요?

미지의 땅에 접근하기 전엔 항상 이 질문을 해봐야 할 것 같습니다. '그곳엔 표범이 있는가?'

왜냐하면, 그 질문에 대한 답은, 긍정이든 부정이든 간에, 그 나라가 지닌 특징 중의 많은 부분을 정의해줄 것이기 때문입니다. 만일 표범이 살고 있다면, 그건 그 땅에 자유와 신비를 위한 공간이 여전히 남아 있다는 뜻이겠지요. 따라서 그 땅의 시적인 정서가 아직 시들지 않았다는 뜻이 될 겁니다.

한국에서 이 책이 출판된다는 걸 알고 무척 행복했습니다. 대한민국의 지리적 환경은 맹수들이 사는 데 적절한 환경입니다. 산과 우거진 숲이 많고, 습곡이 있으니까요. '짐승들이 숨을 만한 곳'이라는 말은, 제게 '우아하다'는 단어의 동의어입니다.

지금도 표범들이 이 땅 위를 돌아다니고 있다는 정보는 우리 현대인들에겐 정말 흥분되는 일이 아닐 수 없습니다.

　　우리가 표범을 볼 수 있는 기회는 절대 없을 것입니다. 하지만 눈에 보이진 않는다고 해도, 표범의 존재는 크나큰 기쁨입니다.

　　표범이 이 땅에 존재한다는 것은 아직 세상이 살아 숨 쉬고 있고, 영롱하게 반짝이며, 떨림마저 간직하고 있다는 의미니까요.

　　이런 확신은 수많은 슬픔과 우울로부터 우리를 위로해줍니다!

2020년 여름, 파리에서
실뱅 테송

5

어느 새끼 사자의 어머니에게

"모든 암컷은 수컷들보다 덜 용감하다.
곰과 표범만 제외하고.
이 두 동물은 오히려 암컷이 수컷보다 더 용감해 보인다."

아리스토텔레스『동물론』, IX

쿤룬산

도道의 호수
4800m.

야크 골짜기의
막사 4100m

5200m.
창탕의 정상 발코니

부동 창
4000m

창탕 (고원)

티 베 트

라싸 방향

6900m

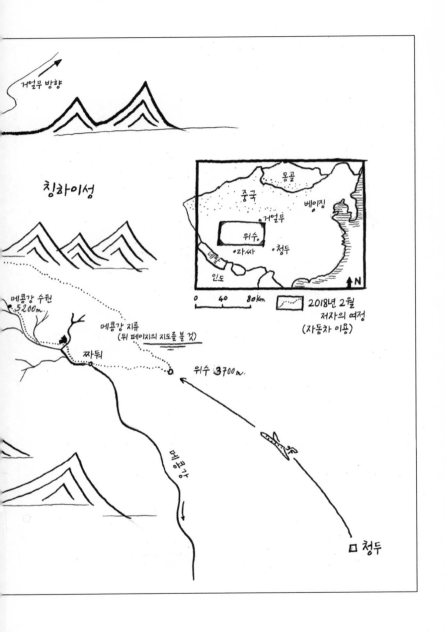

거얼무 방향

칭하이성

메콩강 수원
5200m

메콩강 지류
(뒤 페이지의 지도를 볼 것)

짜둬

위수 3700m

메콩강

몽골

중국

베이징

거얼무

위수

라싸   청두

인도

0   40   80km

2018년 2월
저자의 여정
(자동차 이용)

N

청두

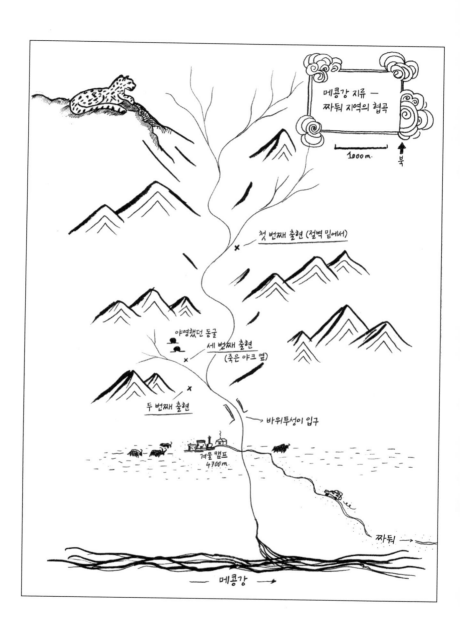

메콩강 지류 —
짜둬 지역의 협곡

1000m. 북

첫 번째 출현 (절벽 밑에서)

야영했던 동굴
세 번째 출현
(죽은 야크 옆)

두 번째 출현

바위투성이 입구

겨울 캠프
4700m.

짜둬 →

— 메콩강 →

서문

    그를 만난 건 부활절 연휴의 어느 날, 그가 제작한 아비시니아 늑대에 관한 영화를 상영할 때였다. 그날 그는 내게 동물들의 모습을 포착하기란 몹시 어려운 일이며, 그걸 가능하게 하는 건 끝없는 인내심뿐이라고 말했다. 그리고 동물 사진작가인 자신의 삶과 동물이 나타날 때까지 잠복하며 기다리는 기술에 관해서도 자세히 이야기해주었다. 잠복이란 매우 불안정한 기술이며, 나타날지 어떨지 장담할 수 없는 동물 한 마리를 기다리면서, 자연 속에 몸을 위장한 채 끊임없이 신경을 쓰고 있어야 하는 일이라고 했다. 그리고 그렇게 고생하고도 아무 성과 없이 돌아올 때가 부지기수라는 말도 잊지 않았다. 그런데 이런 불확실성을 받아들인다는 것이 어쩐지 내겐 매우 고결한 행위처럼 보였다. 전혀 현대적인 태도라고 할 순 없지만.

나는 도로든 숲길이든 쉬지 않고 걷기를 좋아한다. 그런 내가 한자리에서 꼼짝하지 않고, 더욱이 아무 소리도 내지 않은 채 몇 시간씩 보내는 고역을 과연 해낼 수 있을까?

나는 쐐기풀 숲에 몸을 웅크린 채, 뮈니에가 하는 말을 그대로 따랐다. 손가락 하나 까딱하지 말 것, 절대로 소리 내지 말 것. 숨만 쉴 수 있었다. 그것이 내게 허용된 유일한 행위였다. 도시에서 사는 동안 난 쉴 새 없이 지껄여대는 버릇이 들어 있었다. 그래서 내게 가장 어려운 건, 입을 꾹 다물고 있는 일이다. 시가를 피우는 것도 금지되었다. "나중에 저기 강기슭 비탈로 가서 그때 피우자고. 밤이 되면 안개가 낄 테니까!" 뮈니에가 말했다. 모젤 강변에서 하바나산 시가를 피울 것을 생각하니, 누워서 망보는 불편한 자세를 그럭저럭 견딜 수 있었다.

소사나무 숲에서 새들이 어둑해진 하늘에 줄을 그으며 날아갔다. 폭발하는 생명력. 그러면서도 새들은 그 지역을 주관하는 정령의 평온을 방해하지 않았다. 이 세계에 속해 있는 새들은 이곳의 질서를 깨뜨리지 않았다. 아름다웠다. 우리가 위치한 데서 100미터 정도 떨어진 곳에 강이 흐르고 있었다. 수면 위로 육식가인 잠자리 군대가 날고 있고, 서쪽 강변에선 새호리기 한 마리가 약탈을 시도하는 중이었다. 엄숙하면서도 정확하고, 치명적인 비행. 마치 급강하 전폭기 같은.

앗! 딴생각을 하고 있을 때가 아니다. 다 자란 녀석 두 마리가 방금 굴에서 나왔다!

그때부터 깊은 밤까지는 오소리의 막강한 권한 행사와 우아함과 익살스러움이 어우러지는 시간이었다. 과연 저 오소리두 마리가 다른 친구들에게 신호를 보내줄까? 그랬다, 곧 머리 네 개가 빼꼼히 나타나더니, 이어서 몸통의 그림자들이 굴통로 밖으로 빠져나왔다. 그러고는 황혼의 놀이가 시작되었다. 우리는 10미터 정도 떨어진 곳에 있었고, 녀석들은 우리를 보지 못했다. 어린 오소리 두 마리가 서로 부둥켜안은 채 치고받다가, 흙 둔덕을 기어오르기도 하고, 푹 파인 도랑으로 구르기도 하고, 그러다 다시 서로 목덜미를 깨물며 장난을 쳤고, 성년 오소리로부터 따귀 한 대를 맞기도 했다. 성년 오소리는 아주 화려한 고급 나이트클럽용 차림을 하고 있었다. 이마에서 코끝까지 한 줄, 양쪽 귀밑에서 양쪽 입꼬리까지 각 한 줄씩, 모두 세 줄의 아이보리색 줄무늬를 갖춘 이 검은 털뭉치들은 갑자기 나뭇잎들 사이로 사라졌다가 저 멀리서 불쑥 나타나곤 했다. 오소리들은 이제 밤새도록 밭과 비탈을 샅샅이 뒤지며 밤의 파티를 즐길 참이었다. 지금은 밤이 되길 기다리며 열심히 몸풀기를 하는 시간이었다.

때때로 오소리들 중 한 마리가 우리 있는 곳까지 다가와서는, 기다란 몸통을 쭉 늘이며 옆모습을 보여주다가, 고개를 돌려 정면으로 우릴 바라보기도 했다. 양쪽 귀 뒤에서 시작하여 눈을 타고 주둥이 근처까지 내려오는 두 개의 검은 띠가 마치 흐르는 눈물처럼 보여서 살짝 우울한 느낌을 주기도 했다. 호기심 많은 녀석이 겁도 없이 조금 더 앞으로 다가왔다. 발바닥 전체가 땅에 닿는 척행동물蹠行動物의 튼튼하고 강인해 보이는 앞발이 보였다. 오소리들은 그 발톱으로 프랑스 땅에 작은 곰 발바닥 같은 자국들을 남겨놓는다. 어설픈 사람들은 그 자국을 보고 혼자 판단으로 '해로운 동물'이 낸 자국이라는 결론을 내리곤 했다.

오직 동물과 만나고 싶다는 소망 때문에 내가 그렇듯 말 없이 가만히 한자리를 지킨 건 그때가 처음이었다. 나도 그런 나 자신이 믿어지지 않을 지경이었다! 그때까지 난 시베리아의 야쿠티아에서 프랑스 북부의 센에우아즈까지 세 가지 원칙을 지키며 돌아다녔었다.

첫째, 예기치 못한 일은 저절로 찾아오는 법이 없다, 어디서나 기회를 쫓아다녀야 한다.

둘째, 움직임은 영감을 풍부하게 한다.

셋째, 권태는 바쁜 사람을 따라잡지 못한다.

요약하자면, 나는 사건들에 대한 흥미와 이동 거리 사이엔 어떤 비례관계가 있다고 확신한다. 난 '움직이지 않음'은 죽음의 반복이라고 여기는 사람이었다. 센 강변의 지하묘지에 잠들어 있는 어머니를 기리는 마음에서라도, 나는 더욱 열광적으로 산책을 다니곤 했다(토요일엔 산으로, 일요일엔 해수욕장으로). 그러면서 주위에서 일어나고 있는 일에 대해선 조금도 주의를 기울이지 않았다. 그런데 지금 내가 여기까지 수천 킬로미터를 달려와서, 지각이 갈라진 틈 사이에 숨어 풀섶에 턱을 고이고 있게 만든 건 대체 무엇일까?

옆에선 뱅상 뮈니에가 오소리들을 카메라에 담고 있었다. 위장한 옷차림 속에 감춰진 그의 근육들은 식물들과 뒤섞여 잘 보이지 않았지만, 옆얼굴의 윤곽만은 희미한 빛 속에서도 분명하게 드러났다. 그는 길고 뚜렷하며 금방이라도 명령을 내릴 것처럼 단호해 보이는 얼굴에 아시아인들이 수군거리며 놀릴 듯한 우뚝 솟은 코와 조각 같은 턱, 그리고 매우 부드러운 시선을 갖고 있었다. 한마디로 온순한 거인.

뮈니에가 자기 어린 시절에 대해 말해주었다. 왕의 아침 알현에 참석하기 위해, 다시 말해 이른 아침의 유럽 뇌조雷鳥(천둥새)를 보기 위해 아들을 데리고 새벽 어스름에 집을 떠나, 숲속의 가문비나무 아래 엎드리곤 했던 그의 아버지 이야기였다. 침묵이 무엇을 약속해주는지 확실하게 가르쳐주었던 아버지 덕분에, 아들은 꽁꽁 언 땅 위에서 보내는 수많은 밤이 얼마나 소중한지를 알게 되었다. 그의 아버지는 생명을 사랑하는 이에게 생명이 주는 가장 아름다운 보상은 다름 아니라 동물이 모습을 드러내주는 거라고 설명해주었다. 아들은 그 아버지 덕분에 세상 구조의 비밀을 스스로 찾아내기 시작했고, 쏙독새가 하늘을 나는 모습을 멋진 각도로 카메라에 담는 법을 배웠으며, 동물들이 모습을 드러내기까지 숨어서 기다리는 잠복의 묘미를 알게 되었다. 아버지는 그런 아들의 사진에서 예술성을 발견했다. 내 옆에 있는 마흔 살의 뮈니에는 보주 산맥의 어둠 속에서 태어난 자였다. 이제 그는 이 시대에 가장 탁월한 동물 사진작가가 되었다. 그가 찍은 늑대, 곰, 두루미 사진들, 그 흠 잡을 데 없이 아름다운 작품들이 뉴욕에서 팔리고 있다.

"테송, 숲속의 오소리들을 보러 가지 않을래?" 그가 물었고, 나는 곧 수락했다. 예술가의 아틀리에로 인도하겠다는 초대를 거절할 사람이 있을까? '테송'이라는 내 이름이 프랑스 고어古語로 오소리를 의미한다는 걸 뮈니에는 모르고 있었다. 피카르디 지방과 서부 지역의 방언에선 아직도 그 표현을 쓰는 곳이 꽤 있다. 테송Tesson은 라틴어인 타소스taxos에서 변형

18

된 단어인데, 어원을 거슬러 가보면, 동물 분류학taxinomie이라
는 단어와 동물들의 깃털을 뽑는 기술인 박제술taxidermie에서
유래했음을 알 수 있다(동물의 깃털을 뽑는 기술이라…… 인간은
뭐든 이름을 붙이고 나면, 꼭 그 가죽을 벗겨내고 싶어 한다!). 프
랑스 지도에서는 오소리 대량살상의 전적이 있는 시골 마을
들 이름에서 '테소니에'¹라는 명칭을 종종 볼 수 있는데, 피해
를 크게 입은 농민들이 몹쓸 오소리를 엄청나게 소탕한 적이
있는 마을들이다. 사람들은 오소리들이 밭을 파헤치고, 울타
리를 뚫는다고 원망했었다. 그래서 굴 앞에서 연기를 피워 굴
밖으로 뛰쳐나온 오소리들을 잡아 죽였다. 그렇게까지 악착스
럽게 박멸해야만 했을까? 과묵한 오소리들은 밤과 고독을 사
랑하는 동물이다. 오소리는 감춰진 삶을 바랐고, 어둠 위에 군
림했으며, 방문객들을 허용하지 않았다. 평화는 지키고 보호
해야 한다는 걸 녀석들은 잘 알고 있었다. 그래서 밤이 되어야
은신처에서 나왔고, 새벽이 되면 은신처로 돌아갔다. 이 동물
이 인간으로부터 꼭 필요한 간격을 유지하고, 침묵의 명예를

---

1   tessonnière: 골족 단어인 taxo(오소리)에 '풍부한 장소, 탈곡장, 타작마당'의
     의미를 갖는 접미사 '-aria'가 붙어 이루어진 taxonaria는 중세 라틴어에서
     tanière(굴)가 되었는데, 이 단어는 늑대나 곰의 은신처를 일컫는 말이 되기
     전엔 오소리의 은신처를 뜻하는 단어였다.

자랑스럽게 여기는 존재의 상징이라는 사실을 인간은 어떻게 받아들였을까? 동물원의 자료에 의하면, 오소리는 '일부일처제의 정착동물'이다. 태송이라는 이름에서 어원학까지 동원하여 오소리와 나를 연관 지어보았지만, 사실 난 그런 본성과는 거리가 아주 먼 사람이다.

어느덧 완전한 어둠이 내렸다. 오소리들이 덤불숲 안으로 들어갔고, 이어서 바스락거리는 소리가 들렸다. 그날 밤 내가 느낀 기쁨을 뮈니에도 알아차렸던 게 분명하다. 난 그 밤이 내 생애에서 가장 아름다운 시간 중 하나였다고 믿는다. 당당하고 오만한 생명체들을 만났던 그 밤. 녀석들은 자신들이 처한 상황에서 도망치려고 버둥거리지 않았다. 뮈니에와 함께 다시 도로로 돌아가기 위해 비탈을 내려오면서, 난 주머니 안에 들어 있는 시가를 손으로 뭉개버렸다.

"내가 6년 동안 뒤쫓고 있는 녀석이 티베트에 있어." 뮈니에가 말했다. "고원에 살고 있지. 그 녀석을 보려면, 시간을 꽤 들여서 접근해야 해. 이번 겨울에도 거기 가려고 하는데, 함께 가자."

"어떤 동물인데?"

"눈표범." 그가 말했다.

"눈표범이라면 이미 멸종한 줄 알았는데." 내가 말했다.

"그놈이 그렇게 믿게 만든 거지."

1

접근

동기

하얀 풍경 속에서 사랑을 나누는 눈표범들은 2월에 발정기를 맞는다. 반점 무늬의 털옷을 입고 새하얀 눈 속에서 살아가는 눈표범. 수컷들은 암컷을 차지하기 위해 서로 싸우고, 암컷들은 승자에게 몸을 바치고, 그렇게 커플들이 서로를 부르는 때가 2월이다. 뮈니에는 티베트로 떠나기에 앞서서, 미리 내게 귀띔을 해주었다. 눈표범을 볼 기회를 누리려면, 한겨울에 해발 4,000~5,000미터 지점에서 기다려야 한다고. 난 겨울이 주는 으스스한 불쾌감을 눈표범의 출현이라는 기쁨으로 보상받고 싶었다. 베르나데트[2]라는 어린 목동 소녀가 루르드

---

2   St. Bernadette Soubirous: 성녀 베르나데트 수비루(1844~1879). 프랑스 루르드 지역 농부의 딸. 열네 살 때인 1858년 2월 11일부터 7월 16일까지 루르드 마사비엘 동굴에서 18번에 걸친 성모 마리아의 발현을 받음. 1933년 12월 8일 성인품에 올랐다.

동굴에서 경험한 것이 바로 그거였다. 추운 동굴 안에서 몹시 무릎이 시렸을 테지만, 머리에 후광을 두른 성모 마리아를 본다는 기쁨이 그 모든 고통을 감내할 만한 충분한 보상이 되었을 것이다.

팡테르(표범). 장신구처럼 맑은 금속성 소리를 내며 여운을 남기는 단어다. 사실 티베트에 간다고 해서 꼭 눈표범을 만날 수 있다는 보장은 전혀 없었다. 그러니 그 추위 속에서 몇 시간씩 잠복하고 있어야 한다는 건, 실로 도박인 셈이다. 녀석들이 살고 있다는 곳을 찾아갔다 해도, 코빼기도 보지 못하고 실패할 위험은 얼마든지 있었다. 그런 결과를 맞닥뜨리더라도 전혀 화내지 않고, 오히려 기다림 속에서 즐거움을 찾았다는 사람들도 있긴 하다. 그런 점에서, 희망을 잃지 않는 철학적 정신이 필요할 것이다. 하지만 애석하게도 난 그런 부류가 아니다. 나란 사람은 참을성이라곤 도무지 없다고 뮈니에에게 솔직하게 고백하진 않았지만, 어쨌거나 난 눈표범을 몹시 보고 싶었다.

눈표범들은 도처에서 밀렵을 당한 상태였다. 그런 만큼 내겐 더더욱 그 여행에 합류할 필요가 있었다. 상처 입은 사람의 침상을 찾아가서 안부를 묻듯이.

뮈니에가 예전에 티베트 고원에 체류했을 때라면서 사진

들을 보여주었다. 사진 속의 눈표범에게서 힘과 우아함이 동시에 느껴졌다. 반사광으로 인해 마치 털에 전기가 통하고 있는 것처럼 보였는데, 네 발은 접시만큼이나 넓적하니 컸고, 필요 이상으로 길고 두툼해 보이는 꼬리는 균형을 잡는 역할을 한다고 했다. 녀석은 살기 힘든 극한의 장소에서 번식하고, 절벽을 뛰어서 오르내리는 데 적응되어 있었다. 눈표범은 지구를 방문하러 내려온 산의 정령이자, 인간의 맹렬한 위세가 변두리 지역으로 내몰아버린, 설산의 오래된 점령자였다.

난 눈표범을 누군가와 연결 지었다. 이젠 그 어디도 나와 함께 가지 않는 여자. 그녀는 숲속의 소녀였고, 샘터의 여왕이자, 동물들의 친구였다. 나는 그녀를 사랑했었고, 또 잃어버렸다. 유치하고 무의미한 관점이겠지만, 아무튼 난 그녀에 대한 추억을 이 범접할 수 없는 동물과 연관시켰다. 누군가를 그리워하면, 세상 어디서나 그 사람을 볼 것 같은 기분이 드는 법이다. 진부한 이별 증후군. 만일 눈표범을 보게 된다면, 훗날 난 그녀에게 말하고 싶었다. 어느 겨울날 하얀 설산에서 내가 마주친 건 바로 그녀였다고. 마법 같은 생각이긴 했다. 우스꽝스럽게 보일까 봐, 동료들에겐 아무 말 하지 않았지만, 아무튼 내겐 그 생각이 떠나지 않았다.

때는 2월 초였다. 짐을 가볍게 한답시고, 난 고산용 장비들을 모두 착용하고 길을 떠나는 실수를 저지르고 말았다. 북극의 한파도 막는다는 재킷을 입고, '대장정'을 위해 중국 군화 모양의 신을 신고 공항으로 가는 파리 시외열차에 올라탔다. 아코디언으로 브람스의 「헝가리 무곡」을 연주하고 있는 루마니아인 한 명과 슬픈 얼굴의 서아프리카 출신 신사들이 가득한 열차 안에서, 모두가 쳐다보는 사람은 바로 나였다. 내 복장이 너무 튀었던 탓이다. 뒤바뀐 이국정취랄까…….

우린 하늘 위를 날고 있었다. 진보進步(말하자면 슬픔)의 정의를 내리자면, 마르코 폴로가 4년에 걸쳐서 걸었던 거리를 단 열 시간 만에 주파하는 것이다. 뮈니에가 하늘 위에서 설명회를 열었다. 그리고 난 앞으로 한 달 동안 함께 지내게 될 두 친구를 소개받았다. 뮈니에의 늘씬한 여자친구이자, 스피드 스포츠와 야생동물에 흠뻑 빠져 있는 동물영화 감독인 마리 그리고 고도 원시遠視에 헝클어진 머리를 하고 깊은 사색에 빠져서 말이 거의 없는 레오. 마리는 멸종 위기에 처한 늑대와 스라소니에 관한 영화를 각각 한 편씩 찍은 경력을 갖고 있었다. 이번엔 두 가지 사랑에 관한 새로운 영화 한 편을 찍게 될 터였다. 표범들에 대한 사랑과 뮈니에를 향한 사랑. 레오는 뮈니에 캠프의 조수가 되려고 2년 전에 철학 논문 쓰는 것까지 중단했다고 했다. 사실 뮈니에에겐 티베트에 함께 갈 동료들이 필요했다. 카메라들을 설치, 조정하고 긴 밤을 보낼 잠복 장소를 준비하는 일이 만만치 않기 때문이다. 그러나 척추에 문제가 있어서 무거운 짐을 들 수 없고, 사진 찍는 기술도 젬병인 데다, 동물의 발자취 따위엔 관심을 가져본 적도 없는 나로선 대체 내 용도가 뭔지 알 길이 없었다. 그런 내게 주어진 임무는 아무도 뒤처지지 않게 하는 것과 혹시라도 눈표범이 보이면 재채기조차 하지 않고 숨죽인 채 가만히 있는 것이었다. 어느덧 저 밑에 고원이 보이면서 티베트가 나타났다. 마침내, 난 눈에 보이지 않는 동물을 찾아서 여기까지 왔다. 수많은 예술가 중에서도 가장 멋진 남자와 보석 같은 눈을 가진 암컷 늑대 같은 여자, 그리고 생각하는 철학자와 함께.

"진정한 '사인방'은 바로 우릴 두고 하는 말이지." 비행기가 중국에 착륙했을 때 내가 말했다.

적어도 농담을 던지는 일은 내가 할 수 있겠지.

인간 권력의 위력

드디어 칭하이성에 있는 티베트 극동부 지역에 도착했다. 칭하이 최남단에 위치한 티베트족 자치주인 위수 시는 자그마치 해발 3,600미터 높이에 자리한 도시인데, 2010년 대지진 참사를 겪은 곳이기도 했다.

중국의 괴물 같은 힘은 10년도 채 못 되어서 갈라진 틈을 메우고 무너진 건물들을 보수하여 이미 복구가 거의 완성된 상태였다. 질서정연하게 줄지어 선 가로등이 바둑판 모양의 매끈한 콘크리트 도로들을 비추고, 체크무늬 길들 위로 자동차들이 소리 없이 통행하고 있었다. 획일적인 서민 아파트들로 이뤄진 도시는 끊임없이 계속되는 세계적인 공사현장의 미래를 예고해주었다.

자동차로 동부 티베트를 가로지르는 데는 족히 사흘이 필요했다. 우리는 창탕 고원 가장자리를 따라가고 있었고, 목적지는 쿤룬산맥의 남쪽 지점이었다. 뮈니에는 사냥감이 풍부한 대초원들을 아주 잘 알고 있었다.

"거얼무에서 라싸까지 이어지는 칭짱 철도를 보게 될 거야." 그가 비행기 안에서 했던 말이다. "그 철도를 죽 따라가다 보면 부동 창이라는 마을에 이르게 되지."

"그다음엔?"

"서쪽으로 더 들어가서 쿤룬산 밑자락으로 갈 거야. 야크 골짜기까지."

"본래 이름이 야크 골짜기인가?"

"내가 붙인 이름이야."

나는 검정색 수첩에 그 이름을 메모했다. 뮈니에는 나더러 책을 쓸 경우, 우리가 가는 장소들의 정확한 이름은 밝히지 않겠노라 약속하라고 했다. 그 장소들은 비밀에 부쳐져야 했다. 만에 하나, 그 장소가 밝혀지면 밀렵꾼들이 몰려올 게 분명하기 때문이다. 그래서 우리에겐 목적지까지 가는 길을 충분히 헷갈리게 할 만한 매우 독창이고 개인적이고 시적인, 그러면서도 이미지화하여 정확히 구분할 수 있을 우리만의 이름으로 장소를 지칭하는 습관을 들였다. 이를테면 '늑대 골짜기, 도道의 호수, 야생양 동굴' 하는 식으로. 이후로 티베트는 내게 추억의 지도를 그리게 해주는 장소가 되었다. 그 지도는

지도책보다는 덜 정확하지만, 훨씬 더 많은 것을 꿈꾸게 하고, 동물들의 생명을 지켜준다.

우리는 산을 만날 때마다 가로막힌 길을 빙 둘러 우회하면서 계속 북서쪽으로 달렸다. 해발 5,000미터에서도 언덕들이 계속 이어졌다. 무리 지어 다니는 초식동물들 탓에 풀이 거의 남지 않은 언덕들이었다. 바람이 악착스럽게 불어오는 고원 위에 겨울이 새하얀 눈의 얼룩점들을 드문드문 비늘 모양으로 배열해놓았다. 얼어붙은 눈이 산의 굴곡을 아주 조금이나마 완만하게 만들어놓았다.

틀림없이 야수들도 저 능선 위에서 우리를 날카로운 시선으로 주시하고 있을 터였다. 하지만 자동차 안에서는 유리창에 비치는 능선의 그림자만 볼 수 있을 뿐이었다. 난 한 마리의 늑대도 보지 못했고, 티베트엔 거센 바람만 몰아치고 있었다.

공기에서 금속 냄새가 풍겼다. 가혹할 정도로 차가운 공기는 아무것도 할 수 없게 만들었다. 잠깐 내려서 걷는 것도, 그렇다고 되돌아가는 것도.

중국 정부는 티베트를 통제하려는 오랜 계획을 현실화했다. 이제 베이징은 승려들을 내쫓는 일에 더는 신경 쓰지 않았다. 한 지역을 장악하려면, 강제보다 더 효과적인 원칙이 있는데, 바로 인도주의적 진보와 국토 정비라는 것이다. 중앙정부가 안락함을 보장해주는 한, 반란의 불씨는 자연스레 꺼지기 마련이다. 그래서 농민폭동이라도 일어나면, 정부 당국은 격렬히 항의한다. "뭐라고? 봉기를 일으켜? 우리가 학교까지 세워줬는데?" 100년 전에 레닌은 '국가의 전력화'로 그 방법론을 실험했었고, 베이징은 80년대 이후에 이 전략을 선택했다. 혁명의 요설이 물자배급에 자리를 넘겨준 것이다. 두 경우의 목표는 유사했다. 환경에 영향력을 미칠 것.

도로가 멋진 새 다리들 위로 강물을 가로질렀다. 꼭대기마다 전화 중계기 안테나들이 뒤덮고 있었다. 중앙 권력은 작업장의 수를 늘렸고, 마침내 철도가 오래된 티베트에 북에서 남으로 길게 줄을 그었다. 20세기 중반까지만 해도 외국인들에겐 꽉 닫힌 도시였던 라싸가 이후로는 베이징에서 기차로 40시간 거리에 있게 되었다. 어디를 가나 중국 대통령 시진핑의 초상화가 광고판을 도배하고 있었다. "친애하는 동지들, 나는 여러분에게 진보를 가져다주었소, 그러니 입 닥치시오!" 슬로건들은 하나같이 그런 의미를 담고 있었다. 잭 런던은 1902년에 그 상황을 이렇게 요약한 바 있었다. "누구든 사람을 먹이는 자가 그의 주인이다."

식민지 마을들이 옆으로 휙휙 지나갔다. 입방체의 시멘트 블록같이 생긴 집마다 카키색 군복을 입은 중국인들과 푸른

작업복의 티베트인들이 살고 있었다. 그들의 작업복은 '근대성이란 별게 아니다, 과거는 부랑자의 삶이었다는 걸 확인시켜주는 거다'라고 말하고 있었다.

그렇게 근대화가 진행되고 있는 동안 신들은 짐승들을 데리고 뒤로 물러서 있었다. 이렇게 굴착기들이 쉴 새 없이 드나드는 골짜기에서 어떻게 스라소니를 만날 수 있다는 걸까?

원무圓舞

내가 창백한 표정으로 반쯤 졸고 있는 동안 자동차는 점점 더 철도에 가까이 가고 있었다. 티베트는 예민한 피부를 갖고 있었다. 우린 마침내 단단한 화강암과 진흙판의 지질구조 속으로 들어섰다. 차창 밖에선 결핵 환자들의 치료에 꼭 필요하다는 태양이 가끔 영하 20도 이상으로 기온을 올려주기도 했다. 차라리 수도원이 낫지, 병영에 대한 취향은 전혀 없는지라, 우리는 중국식 개척 전선의 마을에선 한 번도 서지 않고 오직 달리기만 했다. 그러다 위수 외곽에 있는 한 불교 사원 뜰에서, 향이 피어오르는 제단 앞에 순례자들이 모여 있는 광경을 보았다. 길게 쌓아 올려진 화강암판에는 불교의 진언이 적혀 있었다. "옴마니반메홈(연꽃 속의 보석이여)."

티베트인들은 마니차라고 하는 휴대용 기도바퀴를 돌리면서 작은 탑 주위를 돌았다. 그곳에서 만난 어린 소녀가 자신이 갖고 있던 염주를 내게 내밀었다. 덕분에 나는 한 달 내내 그 염주 알을 세며 지낼 수 있었다. 두꺼운 군용코트를 걸친 듯한 야크 한 마리가 한편에서 마분지를 씹고 있었다. 그곳에서 움직이지 않고 있는 유일한 생물이었다. 그곳엔 또 윤회 속에서 공덕을 쌓기 위해, 손바닥에 나막신 같은 것을 댄 채 양무릎과 팔꿈치, 이마를 땅에 대고 절하는 오체투지를 하며 속죄하는 자들도 있었다. 공기 중에서 죽음의 냄새와 오줌 냄새가 났다. 신자들은 다음 생을 기대하며, 열심히 탑 주위를 돌았다. 원무를 추고 있는 자들 가운데는 고원의 기사들도 간간이 보였다. 모피 외투에 선글라스를 끼고 카우보이모자를 쓴 커트 코베인[3] 같은 차림의 남자들. 자부심 강한 집시들이 대개 그렇듯이, 티베트인들도 피와 황금과 보석과 무기를 사랑한다. 물론 지금은 총도 단검도 지닐 수 없다. 베이징은 2000년도가 되기 훨씬 전에 티베트인들에게 무기 소지를 금지했다. 야생동물들에겐 시민의 무장해제가 더할 수 없이 다행한 일이다. 따라서 표범을 쏘는 일도 훨씬 줄었다. 하지만 심리학적으로 보면, 결과는 끔찍했다. 검이 없는 기사는 벌거벗은 왕에 불과하기 때문이다.

3   Kurt Cobain: 미국의 록 그룹 너바나(Nirvana, 열반)의 멤버, 뮤지션.

"저 원무를 보고 있으니, 어지럽군. 마치 시체 위를 돌고 있는 독수리들 같아." 내가 말했다.

"태양과 죽음이라……" 레오가 말했다. "부패와 생명, 하얀 눈 위의 붉은 피. 세상은 굴러가는 바퀴 같은 거예요."

옳거니, 여행 중엔 반드시 철학자 한 명을 대동할 일이다.

야크

거대한 몸집의 티베트가 고원을 베개처럼 베고 산소 희박한 대기 속에 누워 있었다. 셋째 날, 해발 4,000미터가 넘는 곳에서 드디어 철도를 만났다. 북에서부터 내려오며 대초원에 길게 칼자국을 낸 칭짱 철도는 아스팔트 도로와 평행선을 이루며 달리고 있었다. 난 15년 전에 라싸로 가기 위해 자전거로 이곳을 답파했었다. 철도 공사가 막 시작된 때였다. 그때 이후로 많은 티베트 노동자들이 기아로 죽었고, 야크들은 처음으로 기차가 지나가는 것을 보게 되었다. 자전거를 타고 가기엔 너무 넓은 땅이라서, 수 킬로미터를 달리며 고생했던 기억이 떠올랐다. 고지의 하계 목장에서 달콤한 낮잠을 즐기는 보상조차 누리지 못했었다.

우리는 부동 창 마을을 지나 북쪽으로 100킬로미터 정도 간 다음, 거기서 다시 야크 골짜기로 올라갔다. 뮈니에가 말했던 약속의 땅, 아니, 약속의 골짜기. 거기까지 가는 코스는 해가 지는 서쪽을 향해 꽁꽁 언 강물을 따라 달리는 길이었다. 강변의 모래 산비탈이 비단처럼 반짝였다.

멀리 북쪽에 쿤룬산맥의 산록지가 모습을 드러냈다. 밤이면 산봉우리들이 불그레한 빛을 발하면서 하늘에 뚜렷한 선을 그렸고, 낮에는 거기에 새하얀 눈과 얼음이 덧씌워졌다. 남쪽으로는 아직 탐험되지 않은 창탕 고원의 지평선이 보였다.

우리가 달리는 도로는 해발 4,200미터 지점에서 오두막 앞을 지났다. 침묵과 빛만 있는 곳. 부동산 계약을 맺기에 딱 알맞은 장소였다. 우리 일행은 좁은 판자 침대들이 있는 그곳을 임시거처로 삼기로 했다. 짧은 밤을 보낼 수 있게 해줄 피난처였다. 토벽에 구멍을 내서 만든 창을 통해 능선들이 보였다. 점진적인 침식으로 평평하게 깎인 선들이 왠지 풍경을 우울하게 만드는 듯했다. 임시거처에서 남쪽으로 2킬로미터 떨어진 곳에 높이 솟은 산은 화강암이 산화작용으로 침식하여 정상이 5,000미터에 이르는 돔처럼 둥근 지붕을 갖게 되었다. 저 능선들이 내일은 전망대가 되겠지만, 오늘 밤엔 마주 보고 있는 위압적인 상대였다. 북쪽으로는 폭이 5킬로미터나 되는 U자곡 안에 빙하천이 작은 물줄기들을 거미줄처럼 잇고 있었다. 그 강은 창탕의 모래사막 안으로 스며들기에, 바다를 만나지 못하고 사라지는 티베트의 강들 중 하나였다. 이것을 보면, 티베트에선 자연마저도 소멸이라는 불교 원칙을 따르고 있는 게 분명했다.

열흘 동안 우리는 아침마다 뮈니에의 큰 보폭을 따라, 뛰듯이 비탈면들을 돌아다니면서 주변 환경을 샅샅이 수색해야 했다. 깨어나자마자 막사 위쪽으로 400미터 정도에 있는 화강암 능선까지 올라가곤 했는데, 그곳에 이르러 한 시간쯤 기다려야 겨우 날이 밝아오기 시작했다. 공기 중에서 차가운 돌 냄새가 났다. 영하 25도. 그 매서운 기온은 아무것도 허용하지 않았다. 움직이는 것도, 말하는 것도, 우수에 젖어보는 것도. 그 추위 속에서 우리가 할 수 있는 거라곤, 반쯤 얼이 빠진 상태에서 아무 생각 없이 그저 해가 뜨기만을 기다리는 일뿐이었다. 드디어 칼날 같은 노란 새벽빛이 어둠을 살짝 들어 올리고, 다시 두 시간쯤 지나자 여기저기 풀이 돋아난 자갈밭 위로 햇빛이 찬란하게 부서져 내리기 시작했다. 눈에 보이는 세상은 꽁꽁 얼어붙은 영원이었다. 모든 것을 얼어붙게 하는 이런 추위 속에선 울퉁불퉁한 바위들도 결코 더 이상 풍화될 수 없을 것 같았다. 그런데 햇빛이 서서히 베일을 벗겨주자, 완전히 버려진 거라고 믿었던 거대한 황야에 갑자기 검은 얼룩들이 드러나기 시작했다. 동물들!

미신에 따라 난 표범이라는 단어를 절대 입 밖으로 내지 않았다. 표범은 신들(우연이라는 말의 세련된 표현이다)이 적합한 순간이라고 판단했을 때 비로소 등장하는 동물이기 때문이다. 그날 아침 뮈니에는 표범이 아닌 다른 대상에 관심을 보였다. 멀찍이 보이는 야생 야크 떼를 보더니, 조금 더 가까이 가서 보고 싶다고 했다. 야크를 숭배한다고 할 정도로 좋아하는 뮈니에가 속삭이는 듯한 목소리로 야크에 대해 말해주었다.

"여기선 야크를 '드렁'이라고 부르지. 내가 이 골짜기로 온 건 저 녀석들 때문이야."

그는 풍요의 상징인 야생의 황소에게서 세상의 정신을 본다고 했다. 나는 고대 그리스인들이 황소의 목을 따서, 피는 망자들에게, 향기는 신들에게, 그리고 고기의 가장 좋은 부위는 왕족들에게 바쳤다는 이야기를 해주었다. 황소는 중재자 역할을 했다. 본래 희생제물은 간구의 의미를 지닌다. 하지만 뮈니에는 고대 사제들의 시대보다 더 오래전의 황금시대에 관심이 있었다.

"야크는 태곳적 시대에서 온 존재야. 야생동물의 상징이지. 구석기 시대의 동굴 벽화에도 있잖아. 야크는 변하지 않았어, 지금도 동굴 안에서 콧바람을 뿜으며 부르르 떨고 있는 것 같아."

뮈니에의 맑고도 슬퍼 보이는 시선은 건너편 비탈면에 점점이 찍혀 있는 검은 털뭉치들 쪽으로 고정되어 있었다. 그는 백일몽을 꾸는 듯한 표정으로, 능선 위에서 이별의 퍼레이드라도 하는 양 무리 지어 서 있는 마지막 군주들의 숫자를 세고 있는 것 같았다.

필요 이상으로 큰 뿔을 지닌, 낡은 누더기를 걸친 군함 같은 털뭉치들은 20세기 중국 식민주의자들의 손에 무참히 학살당했고, 지금은 창탕의 외곽과 쿤룬산 자락에서 그 그림자만 겨우 볼 수 있을 뿐이다. 경제에 눈을 뜨기 시작한 이래로, 중국 정부에서는 공장형 축산 정책을 실행에 옮겼다. 15억의 동포를 먹여 살려야 하는데, 전 세계 생활 수준이 획일화된 까닭에 15억 인민에게 붉은 고기를 금지할 수 없음은 자명했다. 그래서 축산부는 가축과 야생 야크를 교배하여, 튼튼함과 온순함을 결합한 '다퉁'이라는 잡종을 만들어냈다. 가축으로선 그야말로 세계에서 가장 완벽한 종이라 할 수 있었다. 번식이 가능할뿐더러 온순한 데다, 먹이 소비량도 많지 않았기 때문이다. 새로이 탄생한 종은 크기가 조금 작아졌고 번식을 많이 하긴 했지만, 처음의 유전자는 약화하였다. 그동안 위험을 피해 간신히 살아남은 몇몇 야크들은 우울감을 끌고 다니며 점점 더 변방으로, 변방으로 쫓겨나야 했다. 야생 야크는 신화를 보존하고 있는 동물이다. 정부 소속의 사육자들은 야크를 가축으로 키우기 위해서 종종 표본이 될 만한 녀석을 생포하곤 했다. 그런 '드렁'의 운명은 현대의 우화를 닮았다. 격렬함, 힘, 신비, 영광이 이 땅에서 밀려나고 있는 것이다. 첨단 기술을 누리는 서구의 도시인들, 그들 역시 길들어버린 존재들이다. 난 그것에 대해 얼마든지 이야기할 수 있는데, 그런 인간의 가장 완벽한 대표자가 바로 나이기 때문이다. 편리함을 추구하는 욕망에 따라 온갖 가전제품들로 갖춰진 안락한 아파트 안에서, 컴퓨터며 휴대폰이며 스크린들을 채우기에 바쁜 나는 삶의 열정을 포기한 자였다.

눈은 한 번도 오지 않았다. 티베트는 푸른 하늘 아래, 죽음처럼 건조한 손바닥을 펴고 있었다. 그날 새벽 5시, 우리는 오두막이 내려다보이는 해발 4,600미터 지점에서 능선 뒤편에 누웠다.

"곧 야크들이 나타날 거야." 뮈니에가 말했다. "여기가 그 녀석들이 사는 높이야. 초식동물은 저마다 정해진 높이에서 풀을 뜯거든."

산은 고요하고, 공기는 맑았다. 그리고 지평선엔 아무것도 없었다. 도대체 어디서 야크 무리가 나타날 수 있다는 거지?

잠시 후 멀리 떨어진 능선 위에 여우 한 마리가 불쑥 나타났다. 사냥을 끝내고 돌아오는 것일까? 그런데 아뿔싸! 잠깐 시선을 돌렸을 뿐인데, 여우는 어느새 사라져버렸고 그 후로 다시 보지 못했다. 여기서 얻은 첫 번째 교훈. 동물들은 예고 없이 불쑥 나타났다가, 다시 볼 수 있을지 모른다는 소망을 눈곱만치도 남기지 않고 한순간에 사라져버린다.

그러니 덧없이 사라지는 순간적인 장면들을 매번 축복하고 봉헌물처럼 소중히 여겨야 한다. 가톨릭 학교를 다니던 유년 시절, 형제회 소속 기관에서 보냈던 경배의 밤들이 떠올랐다. 몇 시간 동안이나 성가대만 바라보고 있어야 했는데, 그때 우리의 마음은 뭔가 신비한 일이 일어나길 바라는 간절한 소망으로 가득 차 있었다. 중요한 일이라고 신부님들이 막연하게 알려주긴 했지만, 우리는 그런 추상적인 개념보다는 축구공이나 알사탕 같은 게 훨씬 더 좋은 나이였다.

유년 시절의 그 둥근 천장 밑에서 느꼈던 것과 똑같은 초조감이 티베트의 비탈에서도 나를 엄습했다. 막연해서 그리 강렬하진 않으나, 줄곧 마음에 담겨 있었기에 가볍다곤 할 수 없는 느낌. 그것은 이 기다림이 언제 끝날까 하는 데서 오는 감정이었다. 물론 어린 시절의 그 큰 예배실과 티베트의 삭막한 산 사이에는 차이점이 있다. 그때는 단정하게 무릎을 꿇고서 증명할 길 없는 것을 소망했었다. 우리 기도가 하늘로 올라가서 하느님께 닿길 바랐던 소망. 하느님께서 정말 우리에게 응답하실까? 하느님은 그저 존재하기만 하는 분일까? 그러나 능선 뒤편에서 잠복하고 있는 지금은 우리가 무엇을 기다리고 있는지 분명하게 알고 있었다. 동물들은 이미 눈앞에 나타난 적이 있는 신들이다. 그러니 그 무엇도 그들의 존재에 이의를 제기할 수 없다. 실제로 눈앞에 나타난다면, 그것은 우리의 기다림에 대한 보상일 것이다. 하지만 아무것도 나타나지 않는다면, 우린 툭툭 털고 일어나 다음 날 다시 와서 잠복 상태에 들어갈 것이다. 그러다 나타난다면, 그것은 축제가 될 테지! 그러니 존재하는 건 확실하지만, 방문해줄지 어떨지가 확실치 않은 그 동료들을 우린 있는 힘을 다해 기쁨으로 맞이할 것이다. 그렇다, 매복은 겸손한 믿음이다.

늑대와 함께 노래를!

　정오가 되면 태양의 효율성은 절대적이다. 반월형으로 펼쳐진 골짜기 아래, 우리가 잊고 있던 정입방체가 있다. 우리의 막사. 완만한 능선 밑으로부터 50미터쯤 되는 우리 위치에서는 자갈 비탈면이 한눈에 보였다. 그때였다, 뮈니에의 말이 옳았다! 갑자기 야크 무리가 나타난 것이다. 검은 털뭉치들은 서쪽에서, 골짜기가 닫히는 협로를 타고 내려오고 있었다. 흑옥색 얼룩점들의 발굽 아래 흙덩어리들이 튀었다. 우리로부터 500미터 정도 떨어진 곳이었다. 야크들의 큰 덩치는 마치 산이 무너지는 걸 막기라도 할 듯이 산을 떠받치고 있는 것처럼 보였다. 뮈니에와 난 무리 지어 있는 녀석들을 향해 소리 없이 전진했다. 바람을 등지고 배후에서.

　그렇게 해서 우린 야크 무리를 내려다볼 수 있는 해발 4,800미터에 이르렀다. 그런데 갑자기 야크들이 도망치기 시작했다. 내려올 때와 똑같은 속도를 내면서 다시 능선을 향해 올라갔다. 우리 그림자를 보았던 것일까? 이 땅에서 공포의 상징이 되어버린 두 발 가진 동물인 인간을? 야크들은 연한 핑크빛 경사면을 따라 빠른 속도로 도망쳤는데, 목덜미 살에 감춰진 네 발의 움직임이 우리 눈엔 보이지 않았다. 그래서 그 모습이 마치 거대한 덩어리가 붕 떠서 올라가는 것 같았다. 아니, 그보다는 거대한 털뭉치가 미끄러지듯 올라가는 것 같았다고 해야 할까. 야크 떼는 골짜기 입구에서 멈췄다.

"계속 능선으로 가는 게 좋겠어. 그러면 저 녀석들을 만나게 될 것 같아." 뮈니에가 말했다.

우리를 보자 테트라오갈 새 한 마리가 자리를 떴고, 티베트푸른양 무리도 천천히 북쪽으로 자리를 옮겼다. 티베트어로 '바랄'이라고 불리는 티베트푸른양은 골짜기 밑바닥을 영토로 삼고 살아가는데, 우린 그 양 떼가 올라오는 것을 미처 보지 못했다. 구부러진 뿔에 푸른빛이 도는 회색 털을 가진 푸른양은 깎아지른 듯한 산비탈을 가뿐하게 뛰어다녔다. 야크들은 어느 정도 안전한 높이에 이르렀다고 생각했는지, 올라간 곳에서 더는 움직이지 않았다.

우린 야크들과 100미터쯤 떨어진, 깨진 돌조각들로 뒤덮인 가파른 비탈 위에 엎드렸다. 돌조각 위로 붉은 이끼들이 그려놓은 그림들에 시선이 갔다. 어머니의 의학서적에서 봤던 것처럼 톱니 같은 이파리를 가진 선태식물. 그 작고 작은 꽃들을 바라보다가, 싫증이 나서 고개를 들고 다시 야크들이 있는 쪽으로 시선을 돌렸다. 풀을 뜯고 있던 녀석들도 고개를 들었다. 두 개의 뿔이 아주 느리게 하늘을 향해 쳐들렸다. 금도금만 하지 않았을 뿐, 영락없이 크노소스 궁전의 웅장한 동상들이었다. 멀리서 늑대들 울음소리가 들렸고, 그 소리는 골짜기 입구 너머 서쪽으로 퍼져나갔다.

"늑대들이 노래를 부르는군." 뮈니에는 울음소리가 아니라, 노래라고 표현하길 더 좋아했다. "적어도 여덟 마리는 되겠는걸."

여덟 마리라고? 그는 그걸 대체 어떻게 알 수 있는 걸까? 곧이어 그 소리와 거의 비슷한 울음소리가 들렸다. 놀랍게도 뮈니에가 내는 소리였다. 그런데 이게 웬일인가! 10분 후에 늑대 한 마리가 응답을 해왔다. 절대로 형제가 될 수 없는 두 생명체 사이에 신비한 대화가 이뤄진 것이다. 내가 들은 가장 아름다운 대화 중 하나가 마음에 깊이 간직되는 순간이었다. '우린 어쩌다 헤어졌을까?' 뮈니에가 말하자, 늑대가 대답했다. '그런 걸 왜 나한테 묻는 거야? 나더러 어쩌라고?'

뮈니에가 노래를 불렀고, 늑대 한 마리가 화답했다. 뮈니에가 침묵했더니, 이번엔 늑대가 다시 말을 걸어왔다. 그러곤 그들 중 한 마리가 갑자기 더 높은 골짜기 입구에 모습을 드러냈다. 뮈니에가 다시 한번 노래를 불렀더니, 이번엔 늑대가 우리 있는 쪽 비탈로 급히 달려왔다. 어렸을 때 '제보당의 괴수'[4] 이야기나 아서 왕 소설 같은 중세 이야기를 많이 듣고 자란 나이지만, 막상 나를 향해 돌진하는 늑대를 보니 멋지다는 생각보다 두려움이 앞섰다. 그러나 뮈니에를 보곤 곧 안심할 수 있었다. 그는 위기 상황 속에서도 조금도 초조해하지 않는 에어 프랑스의 스튜어디스만큼이나 평온한 표정이었다.

"녀석은 우리 앞에서 갑자기 멈출 거야." 늑대가 50미터 앞에서 딱 멈춰 서기 직전 뮈니에가 내게 속삭인 말이었다.

과연 늑대는 우리와 대면하는 순간을 아슬아슬하게 피해 우리를 지나치더니, 여전히 우리에게로 고개를 향한 채 방향을 바꿔 올라갔다. 그리고 그것이 야크들을 놀라게 했다. 검은 털뭉치들은 잔뜩 흥분하여 산비탈 위로 도망쳐버렸다. 여기서 문득 깨닫게 된 공동체 삶의 비극은, 그 삶이 결코 평온할 수 없다는 거였다. 순식간에 늑대는 사라지고, 우리는 다시 골짜기를 샅샅이 수색했으며, 야크들은 능선에 이르렀고, 어느새

---

4 1764년에서 1767년 사이 프랑스 남부 산악지대의 제보당(현재의 로제르 주)에 출현한 동물로 사람을 여러 명 해친 괴물.

밤이 왔다. 우린 다시 그 늑대를 보지 못했다. 녀석은 흔적도 없이 사라져버렸다.

아름다움

오두막 안에서 밤을 보내는 날들이 지나갔다. 우리는 일상의 습관들을 개선했고, 벽의 구멍을 메워서 외풍과 싸웠다. 그리고 아직 캄캄한 새벽에 막사를 떠났다. 해가 뜨기 훨씬 전, 어둠 속에서 침낭을 빠져나오는 일은 매일 반복되어도 늘 똑같은 고통이었고, 어둠 속에서 한 걸음씩 산을 오르는 일도 매번 똑같은 기쁨을 주었다. 15분의 노력은 차가운 방 안에서 굳어버린 육체를 다시 움직이게 하기에 충분했다. 드디어 해가 떴다. 태양은 먼저 산봉우리들을 빛으로 물들이고, 이어서 비탈을 타고 내리더니, 한 번도 눈이 포근히 덮어본 적 없는 거대한 대로의 어둠을 걷어내고, 마지막으로 빙하의 골짜기들을 열어젖혔다. 산 위에 돌풍이 일어나, 호흡을 방해하는 먼지로 대기를 가득 채웠다. 황토 비탈 위로 동물들이 여기저기 점을 찍듯이 남긴 흔적들이 눈에 들어왔다. 세상에서 가장 고급

스러운 하이패션!

　나는 레오, 마리와 함께 뮈니에의 뒤를 따라갔고, 뮈니에
는 동물들의 뒤를 쫓았다. 이따금 그가 명령을 내리면, 우리는
나지막한 모래언덕들 뒤에 숨어서 티베트 영양들을 기다리기
도 했다.

　"'모래언덕', '영양'…… 아프리카에서나 쓸 단어들인데."
마리가 말했다.

　"이 나라는 에덴이야. 냉방장치가 아주 잘 된 에덴."

　태양은 빛만 낼 뿐, 아무것도 데워주지 않았다. 하늘, 그
크리스털 덮개는 계속 새로운 공기를 압축시켜줬다. 추위가
우리를 사정없이 물어뜯었다. 그래도 동물들이 나타나면 춥다
는 생각은 순식간에 사라지곤 했다. 우린 동물들이 다가오는
것을 전혀 눈치채지 못했지만, 어느 순간 녀석들은 먼지 속에
서 별안간 우리 앞에 서 있곤 했다. 마치 유령처럼.

　뮈니에는 자기가 열두 살 때 처음으로 찍었던 사진 이야
기를 해주었다. 피사체는 보주산맥에서 만난 노루였다. '오, 고
결함이여, 오, 참되고 소박한 아름다움이여!' 젊은 에르네스트
르낭[5]은 아테네의 폐허를 보며 그렇게 기도했었다. 노루와의

5　　Ernest Renan(1823~1892): 프랑스의 철학자, 작가.

그 첫 만남이 뮈니에에겐 바로 아크로폴리스에서의 밤인 셈이다.

"바로 그날 내 운명을 정했지. 동물들을 만나고, 관찰하고, 기다리는 운명."

그날 이후로 뮈니에는 학교 의자에 앉아서 지내는 시간보다 나무 그루터기 뒤에 엎드려서 보내는 시간이 더 많아졌다. 그의 아버지는 아들을 세계 밀어붙이는 사람이 아니었다. 덕분에 뮈니에는 대학입학자격 시험을 보지 않고 작업장에서 일하며 생활비를 벌었다. 그러다 마침내 그가 찍은 야생동물 사진이 수상의 영예를 안게 되었다.

뮈니에는 예술가의 눈으로 자연을 보고, 관찰했다. 과학자들은 그런 그를 무시했다. 수량, 질량, 분량 등 양量이 지배하는 왕국의 하수인이자, 계산기 강박인 과학자들에게 뮈니에의 시선 따위는 아무 가치도 없었다. 난 계산기 두드리길 좋아하는 그 과학자들 중 몇 명을 만난 적이 있다. 그들은 새끼손가락만 한 벌새의 작디작은 발에 링을 끼우고, 담즙의 표본을 채취하고자 갈매기들의 배를 가르는 자들이다. 그렇게 해서 그들은 실제를 방정식으로 만들었다. 그러곤 숫자들을 더하고 빼고 곱하고 나눈다. 그런 그들에게 시정詩情 같은 게 있을 턱이 없다. 그래서 세상의 지식이 진보했을까? 확실치 않다. 과학은 자신의 한계를 숫자 정보의 축적 뒤에 숨기고 있다. 과학자들은 세상 모든 것을 수치화하려고 하면서, 그런 시도가 지식을 진보시킬 거라고 주장한다. 하지만 그건 건방진 생각이다.

뮈니에, 이 남자는 세상의 장엄함, 오직 그 장엄함에만 경의를 표했다. 그는 늑대의 매력, 두루미의 우아함, 곰의 완벽함을 찬양했다. 그래서 그의 사진은 예술에 속한 것이지, 수학에 속한 게 아니다.

"자네를 중상 비방하는 자들은 들라크루아[6]의 작품 한 점을 갖기보다 호랑이의 소화작용에 관한 이론적 모델 세우기를 더 좋아할 거야." 내가 말했다. 19세기 말, 외젠 라비슈는 박식한 세대의 우스꽝스러움을 예감하고 이렇게 말했다. '부인, 통계는 아주 현대적이고 긍정적인 학문이랍니다. 가장 어두운 사건들을 통계가 조명해주거든요. 그 수고스러운 연구덕에 우리가 최근 뭘 알게 되었는지 아십니까? 1860년대에 퐁뇌프 다리 위를 지나갔던 과부들의 정확한 숫자를 알게 되었지 뭡니까!'[7]

"야크는 위엄 있는 군주일세. 난 야크가 오늘 아침에 침을

---

6   Eugène Delacroix(1798~1863): 19세기 전반 서양미술사의 중심인물로, 프랑스 낭만주의를 대표하는 화가.

7   외젠 라비슈Eugène Labiche, 『틱 대위의 활발함Les vivacités du Capitaine Tic』—원주

몇 번 삼켰는가 따위엔 관심 없어!" 뮈니에가 대답했다.

뮈니에는 언제나처럼 우수 어린 담즙질의 징후를 보였다. 그는 주변의 참새들이 놀랄까 봐 절대로 목소리를 높이는 법이 없는 그런 남자다.

보잘것없는 인간

　　먼지가 폴폴 날리는 산비탈에서 맞이하는 또 한 번의 아
침. 여섯째 날. 이곳의 모래도 태곳적 어느 시점에는 산이었
다. 강물에 의해 가루가 되어버린 산. 비탈에 널린 돌들은 바
다가 이곳을 덮던 그때, 2,500만 년 전까지 거슬러 올라가는
그 시간의 비밀을 간직하고 있었다. 차가운 공기가 모든 동작
을 마비시켰고, 하늘은 청동 모루처럼 푸른 빛을 띠었으며, 모
래 위엔 서리가 한 겹의 얇은 망사처럼 살짝 덮여 있었다. 그
리고 홀짝거리며 눈을 먹고 있는 가젤 한 마리.

　　그때 별안간 야생당나귀 한 마리가 나타나더니, 우리가
매복하고 있는 곳에서 멈춰 섰다. 뮈니에가 빠른 동작으로 파
인더에다 한쪽 눈을 갖다 댔다. 체조 선수처럼 날렵한 그의 동
작은 사냥하는 모습과 흡사했다. 뮈니에도 나도 동물 사냥을
좋아하는 자들이 아니다. 사람은 어째서 자신보다 더 힘세고,

조화로운 삶을 사는 동물을 죽이는 것일까? 사냥꾼은 총알 하나로 두 가지를 얻는다. 한 생명체를 죽여서 이득을 취하는 한편, 늑대처럼 용감하지도 남성적이지도 않고, 그렇다고 영양처럼 동작이 날래고 균형이 잘 잡혀 있지도 못한, 보잘것없는 자신에 대한 분통함을 푸는 것이다. 탕! 총알이 튀어 나간다. "드디어!", 사냥꾼의 아내가 말한다.

우린 그 불쌍한 자를 이해해야 한다, 당긴 활처럼 팽팽히 긴장한 몸을 가진 날씬한 무리가 주변을 자유롭게 돌아다니는데, 배불뚝이의 모습으로 산다는 것은 몹시 억울할 테니까.

당나귀는 그 자리를 떠나지 않았다. 만일 그 야생당나귀가 조금 전에 갑자기 나타난 것을 우리 눈으로 직접 보지 못했더라면, 어쩌면 그 녀석을 모래 석상으로 착각했을지도 모른다. 우린 오두막에서 5킬로미터 떨어진 곳, 꽁꽁 언 강물이 내려다보이는 비탈에 있었다. 그때 난 몇 년 전에 프랑스 사냥꾼협회 회장인 B씨가 내 앞으로 보낸 편지 이야기를 하고 있었다. 깃털 달린 모자에 벨벳 예복을 입고 있던 B씨를 기억하는데, 그는 사냥꾼들을 신랄하게 비난한 내 기사를 보고 반박의 글을 보내왔었다. 먼저 그는 비극에 대해서는 아무런 의미도 부여하지 않은 채, 나를 두고 술 달린 모카신 구두로 잔뜩 멋을 낸 편협한 도시인이라며 비난했다. 정원에서 어슬렁거리며 박새같이 작은 새나 쫓아다니고, 간이 콩알만 해서 노리쇠의 찰칵하는 소리에도 놀라는 자, 한마디로 새끼 고양이 같은 사람이라는 것이다. 난 아프가니스탄 산악지대에서 지내다 돌아와서야 그 편지를 읽었다. 꼬냑과 송아지 치즈를 즐기면서, 살이 쪄 뒤뚱거리는 꿩을 향해 일제사격을 가하는 비만한 남자와 수렵용 창을 던져 단번에 매머드의 배를 가르는 남자를 똑같이 사냥꾼이라는 이름으로 부른다는 게 몹시 유감이라는 생각이 들었다. 전혀 상반되는 것들을 한 단어로 지칭하는 것은 세상의 고통스러운 문제들 가운데 어느 하나도 해결하지 못한다.

순환하는 생명

얼음 궁전. 그 안에서 태양은 여전히 온기의 열매를 맺지 못하고 있었다. 아무리 태양 쪽으로 얼굴을 돌려도, 따스한 어루만짐을 조금도 느낄 수 없는 이상한 감각. 그런 중에도 뮈니에는 우리를 계속 가파른 비탈로 끌고 올라갔다. 우리 일행은 오두막에서 10킬로미터 이상 떨어져본 적이 없었다. 한번은 능선 쪽으로, 또 한 번은 강 쪽으로 가는 식이었는데, 이렇게 양쪽을 오가다 보면 이 지역에 사는 동물 주민들을 충분히 만날 수 있을 터였다.

뮈니에의 동물 사랑은 그에게서 무의미한 생각들을 완전히 없애버렸다. 우선 그는 자기 자신에게 도통 관심이 없었다. 그래서 불평하는 법도 없다. 그러다 보니 우리도 피곤하다는 말을 감히 입 밖에 꺼낼 수 없었다. 깎아지른 암벽과 완만한 산비탈이 만나는 곳은 초식동물 무리가 풀을 뜯으며 돌아다니는 곳이었다. 빙식곡[8]과 비탈이 만나는 곳엔 작은 샘들이 있는 경우가 많은데, 야생당나귀들 한 떼가 줄지어 그곳을 지나갔다. 가냘프면서도 절대 흔들리지 않는 아름다운 크림색 다리를 자랑하면서. 티베트 영양 한 무리도 먼지 베일로 뒤를 가리면서 그곳을 거쳐 갔다.

"판토로프스 호드그소니." 뮈니에는 동물들이 나타날 때마다 학명을 중얼거렸다.

태양은 먼지를 황금 흔적으로 바꿨고, 먼지는 다시 붉은 그물이 되어 땅을 덮었다. 빛 속에서 떨리는 동물의 털들이 연기처럼 보이는 착각을 일으켰다. 태양을 사랑하는 뮈니에는 항상 역광 속에 자리 잡고서 요령 있게 사진을 처리했다. 마그마 운동으로 하늘 높이 솟구쳐 오른 광물질이 만들어낸 황야의 풍경. 산비탈 위에 높이 솟은 바위기둥 밑에 동물들이 한 줄로 늘어선 장면은 이제 세계의 용마루, 티베트 고원의 상징적 표지가 되었다. 단조로운 색조의 풍경 속에서 우리는 원하는 이미지들을 채취했다. 맹금류, 우는토끼(티베트 초원의 마르모트), 여우, 늑대…… 높은 고도가 만들어내는 가혹한 환경에 적응하여 섬세한 동작을 갖게 된 동물들이다.

---

8   빙하의 침식 작용으로 생긴 U자 모양의 골짜기로, U자곡이라고도 한다.

생명과 죽음이 공존하는 이 고지대 뜰 안에서 뮈니에는 생사의 비극을 필름에 담았다. 어렵게 감지되고, 완벽하게 통제된 비극. 태양이 뜨면, 이곳에선 늘 쫓고 쫓기는 동물들의 추격전이 시작된다. 때로는 사랑을 나누기 위해, 또 때로는 잡아먹기 위해서다. 초식동물들은 하루에 무려 열다섯 시간이나 고개를 땅으로 숙이고 있어야 한다. 혹한 속에 살아남은 빈약한 풀을 뜯어 먹기에 열중하며 느린 삶을 살아가는 것, 그것이 그들의 저주였다. 육식동물의 삶은 이보다 훨씬 역동적이다. 이들은 드물게 만나는 먹이를 날쌔게 뒤쫓는다. 그러고 나면 노략질이 약속한 피의 축제가 다시 달콤하고 만족스러운 낮잠을 불러온다.

이 모든 세계는 죽어가고, 육식동물에 의해 찢기는 초식동물의 몸은 고원을 피로 얼룩지게 만든다. 그리고 얼마 가지 않아서 자외선에 불탄 뼈들이 생물학적 왈츠에 끼어든다. 여기서 고대 그리스의 아름다운 직관이 탄생했으니, 곧 광자 에너지를 내놓는 태양의 지휘 아래 모든 세상의 에너지가 풀에서 살로, 살에서 흙으로 가는 폐쇄 사이클 안에서 순환한다는 것이다. 생물학적 왈츠. 사자의 서書라고 불리는 『바르도 퇴돌』(티베트 불교 닌마파의 경전)은 헤라클레이토스와 카르마 파동의 철학자들이 말한 내용과 똑같은 것을 말했다. 그렇다, 모든 건 지나가고, 모든 건 흘러가며, 모든 게 순환한다. 그래서 당나귀는 달리고, 늑대는 당나귀들을 추격하고, 또 독수리는 하늘을 난다. 질서, 균형, 천지에 가득한 태양. 짓누르는 침묵. 여과 없는 햇빛, 드문 인적. 그리고 꿈.

이제 우리는 여기, 생명으로 넘치는 이 정원 안에서, 부신 눈을 간신히 뜬 채 병적인 상태로 자리를 지키고 있다. 뮈니에가 미리 알려줬었다, 이곳은 영하 30도의 낙원이라고. 생명체들이 집결하는 곳, 이곳에서 생명은 태어나고, 달리고, 죽고, 썩으며, 또다시 다른 형태로 나타나 그 게임을 반복한다. 나는 자신들의 주검이 초원에서 해체되도록 놔두는 몽골 사람들의 소망을 이해한다. 내 어머니가 그런 말을 했다면, 난 어머니의 시신을 쿤룬산맥의 산기슭에 갖다 놓겠노라고 대답했을지도 모른다. 썩은 고기를 먹는 동물들은 그 소중한 고기가 다른 동물의 턱으로 넘어가기 전에, 그러니까 쥐나 수염수리, 뱀 같은 다른 동물집단에 먹이를 빼앗기기 전에 먼저 제 이빨로 잘게 찢으려고 서두를 것이다. 그러면서 엄마를 잃고 고아가 된 아들에게 이렇게 충고할지도 모르겠다. 앞으론 독수리의 날갯짓, 굽이치는 뱀의 비늘, 떨리는 동물의 털 안에 깃들게 될 네 어미를 상상해보라고.

미로 속의 존재

나는 근시다. 다행히도 내 약점을 보완해주는 뮈니에가 옆에 있었다. 그의 눈은 모든 것을 간파했고, 나는 그 점에 있어서 조금도 의심하지 않았다. '대상이 뭔가를 의미하게 하는 것보다 그 대상 자체를 드러내는 것이 훨씬 중요하다.'[9] 장 보드리야르는 미술품에 관해서 그렇게 썼다. 영양들에 관해 쓸데없는 논의를 하는 게 무슨 소용 있을까? 녀석들은 아주 멀리서부터 주변을 살피고, 땅을 진동시키며 다가오다가, 어느 순간 갑자기 우리 눈앞에 나타나곤 했다. 그러나 그것은 극히 짧은 시간일 수 있다. 영양들은 아주 작은 불안감만 느껴도 순식간에 사라져버리기 때문이다. 어쨌거나 우린 영양들을 실제로 보았다. 한마디로 예술이었다.

---

9   장 보드리야르Jean Baudrillard, 도쿄 궁전에서 열린 샤를 마르통 전시회 카탈로그의 서문, 1987 — 원주

마리와 레오는 보주산맥에서 샹소르 산지까지 뮈니에와 동행하는 동안, 눈으로 잘 알아볼 수 없는 것들을 식별해내는 감각이 많이 발전한 듯했다. 이 황량한 고원에서 황금빛 바위 위에 서 있는 영양을 발견하기도 하고, 그늘에 숨어든 프레리도그를 찾아내기도 하는 걸 보면 말이다. 보이지 않는 것을 보는 능력, 그것은 중국 도교의 원리이기도 하고, 동시에 모든 예술가의 소망이기도 하다. 내가 25년 동안 초원을 수색하며 다니는 동안 목격한 동물이라고는, 뮈니에가 눈으로 생포한 것들의 10퍼센트에도 미치지 않는다. 1997년 티베트 남쪽에서 늑대 한 마리를 만난 적이 있고, 루앙의 생 마클루 성당 지붕 위에 있는 흰담비와 바로 코앞에서 맞닥뜨린 적도 있다. 그리고 2007년과 2010년 시베리아 침엽수림에서 생각지도 못하게 곰 몇 마리를 만나기도 했다. 또 1994년 네팔에서 거미가 내 넓적다리 위를 기어가는 소름 끼치는 경험을 한 적도 있었다. 그러나 이런 만남은 그 녀석들을 찾으려고 무진 애를 쓴 끝에 이뤄진 게 아니라, 그냥 내 앞에 우연히 던져진 만남이었을 뿐이다. 뼈 빠지게 세상을 탐험하고 돌아다녀도, 살아 있는 동물을 보지 못하고 비껴가는 경우는 비일비재하다.

"난 세상 구석구석을 아주 많이 돌아다녔어. 그때마다 나를 본 녀석들이 틀림없이 있었을 텐데, 내가 그런 걸 전혀 눈치채지 못했던 거지." 뮈니에 옆에서 깨닫게 된 그 사실은 나의 새로운 시편이었고, 난 그것을 티베트식으로 나지막하게 중얼거리며 한 문장으로 표현했다. 사실 이 한 문장은 내 삶을 요약해주는 것이라 할 수 있다. 그날 이후로, 내가 열린 시력을 지닌, 보이지 않는 얼굴들 사이를 거닐고 있음을 알게 된 셈이었다. 나는 주의력과 인내심이라는 두 가지 훈련을 통해서 이전의 무관심을 만회할 수 있게 되었다. 이를 사랑이라고 불러야 할 것이다.

나는 곧 깨닫게 되었다. 인간의 정원이 '내 눈엔 보이지 않아도 나를 보고 있는 존재들'로 가득하다는 사실을. 그 존재들은 우리에게 해를 끼칠 의도가 전혀 없다. 하지만 우리를 엄중하게 감시하고 있다. 우리가 무슨 일을 하든 간에, 그들의 감시를 피해 갈 수는 없다. 우리가 살아가는 이 작은 공원의 관리자들은 동물들이건만, 인간은 그곳에서 스스로 왕이라고 자처하면서 굴렁쇠를 굴리며 놀고 있다. 이것은 내게 새로운 발견이었고, 그 발견이 그리 기분 나쁘게 느껴지지 않았다. 이후로 내가 혼자가 아님을 알게 되었으니까!

세라핀 드 상리스는 20세기 초의 화가이다. 반은 광인, 반은 천재였던 예술가. 당시에는 거의 존중받지 못했으며, 약간 키치 스타일의 그림을 그렸던 여류화가. 그림을 보면, 그녀는 나무들을 아주 크게 열린 시각으로 강렬하게 표현했다.

히에로니무스 보쉬는 또 어떤가! 내세를 주로 그렸던 그 네덜란드 화가는 한 판화에다 '나무에는 귀가 있고, 밭에는 눈이 있다'라는 제목을 붙였다. 땅속에 눈알이 그려져 있고, 숲 가장자리에 인간의 귀 두 개가 그려진 그림이다. 예술가들은 알고 있다. 야생의 존재들이 우리가 알아채지 못하게 숨어서 우리를 보고 있다는 것을. 그리고 인간의 시선이 자신을 향하는 즉시 사라지고 만다는 것을.

"저기! 맞은편 산비탈에 여우가 있어. 100미터 떨어진 곳!" 꽁꽁 언 강물 위를 지나가던 중 뮈니에가 말했다. 그래서 난 그가 가리키는 쪽을 오랫동안 바라보았다. 머릿속으로는 받아들일 줄 몰랐던 것을 눈으로는 이미 포착하고 있었다는 사실을 난 미처 깨닫지 못하고 있었다. 갑자기 눈앞에 여우의 실루엣이 짠! 하고 나타났다. 바위들 사이에서 색조 하나하나, 디테일 하나하나가 분명해지면서 여우가 서서히 내게 자신을 드러낸 것이다.

나는 관찰자로서 부적격하다는 생각에서 벗어나 위로를 얻었다. 확신을 갖고 주의 깊게 샅샅이 훑어보는 일을 해냈다는 기쁨이 차올랐다. 헤라클레이토스는 단편집에서 '자연은 숨기를 좋아한다'는 말을 한 적이 있다. 대체 이 수수께끼 같은 말은 무엇을 의미할까? 자연은 잡아먹히지 않기 위해서 숨는다는 뜻일까? 아니면, 힘이란 굳이 자신을 드러낼 필요가 없는 것이기에 숨는다는 뜻일까? 만물이 인간의 시선을 위해 창조된 건 아니다. 무한히 작은 것은 우리의 이성을 벗어나고, 무한히 큰 것은 우리의 탐욕을 벗어나며, 또한 야생동물은 우리의 관찰을 벗어난다. 동물들은 군림했고, 리슐리외 추기경이 프랑스 국민을 염탐한 것처럼 동물들도 우리를 감시했다. 나는 그들이 미로 속을 돌아다니며 살고 있다는 것을 알았다. 그리고 이 반가운 소식은 내 젊음의 원천이 되었다!

소박함

어느 날 저녁, 우리 일행이 오두막 문턱에서 홍차를 마시고 있을 때였다. 갑자기 마리가 회오리바람이 만들어낸 뿌연 베일을 가리켰다. 경사가 완만한 아주 너른 평지의 아랫부분에서부터 올라오는 먼지구름이었다. 오두막으로부터 동쪽으로 4킬로미터쯤 떨어진 곳에서 느닷없이 나타난 야생 들당나귀 여덟 마리가, 강을 따라 우리 쪽으로 달려오는 중이었다. 뮈니에는 이미 망원경을 눈에 갖다 대고 있었다.

"아쿠스 키앙." 학명을 물은 내게 그가 대답했다. "흔히들 야생 들당나귀라고 하지."

녀석들은 북쪽 풀밭에서 멈춰 섰다. 그날 우리는 오두막이 있는 골짜기에서 동물들의 모습을 거의 보지 못했었다. 전날 그 골짜기에서 노래를 부르던 늑대가 주변에 공포심을 불러일으킨 탓일 것이다. 동물들은 늑대가 노래하면 춤을 추지 않고, 꼭꼭 숨어서 자취를 감춘다.

우린 막사를 떠나서, 일렬로 서 있는 들당나귀들 쪽으로 가다가 충적토의 산비탈 뒤에 몸을 숨겼다. 검독수리 한 마리가 들당나귀 무리 위를 빙빙 돌면서 마치 후광을 만들 듯 원을 그렸다. 우리는 다시 비탈에서 더 내려가 깊이 팬 협곡으로 갔다. 그리고 바짝 마른 강바닥에 등을 구부린 채, 모래 빛깔 옷으로 위장을 하고서 조심스럽게 앞으로 나아갔다. 들당나귀들은 왠지 초조해하면서 풀을 뜯고 있었다. 갈기에서부터 꼬리까지 검은 정중선이 그려진 옅은 황갈색의 세련된 털 빛깔이 황량한 풍경에 멋진 무늬를 수놓고 있었다.

"원탁 위에 놓인 도자기들 같네요." 레오가 말했다.

말의 사촌 격인 키앙들은 가축으로 길들여지는 수치를 당하지 않았다. 하지만 반세기 전에 중국 군대가 전초부대를 먹여 살리기 위해 그들을 마구잡이로 죽였고, 저기 있는 녀석들은 그 대학살에서 용케 살아남은 키앙의 후손들이었다. 이마와 코 사이에 볼록 튀어나온 부분과 무성한 갈기와 엉덩이로 그들을 알아볼 수 있었다. 바람이 녀석들 뒤에서 먼지 베일을 만들었다. 우리는 100미터 정도 떨어진 곳에 있었고, 뮈니에가 키앙들을 정조준하여 사진을 찍었다. 그런데 별안간 녀석들이 서쪽을 향해 뛰쳐나가듯 내달리기 시작했다. 마치 감전

71

이라도 된 것 같았다. 자갈 하나가 우리 발밑에서 굴렀고, 흥분된 기류가 고원을 가로질렀다. 돌풍이 불어왔다. 들당나귀들의 발굽이 만들어내는 먼지 속에서 빛이 폭발했다. 딸가닥거리는 요란한 발굽 소리가 참새 떼로 이뤄진 구름을 헝클어뜨렸다. 동시에 어디선가 불쑥 튀어나온 여우 한 마리도 미친 듯이 뛰어갔다. 생명, 죽음, 힘, 도주. 그렇게 아름다움이 끊어지고 말았다.

뮈니에가 슬프게 말했다.

"내 평생의 꿈은 내가 완전히 보이지 않는 존재가 되는 거였는데!"

나를 포함한 대부분의 사람들, 특히 나는 누구보다도 그 반대가 되길 원했었다. 다른 사람들에게 보이는 존재, 눈에 띄는 존재가 되기를. 그러니 우리 같은 사람한텐 동물에게 다가갈 기회가 없었을 수밖에!

우리는 굳이 모습을 숨기려고 애쓸 필요 없이 오두막으로 돌아왔다. 어둠이 내렸다. 추위가 뼈를 뚫고 스며들었다. 밤은 추위를 더욱 합법적으로 만들어주는 시간이다. 난 우리 피난처의 문을 다시 조심스럽게 닫았고, 레오는 가스풍로를 켰다. 동물들을 생각했다. 그들은 살육의 시간까지도, 모든 게 얼어버리는 결빙의 시간까지도 각오한 삶을 살아가고 있었다. 밖에선 사냥꾼의 밤이 시작되었다. 금눈쇠올빼미의 울음소리가 이미 조바꿈을 한 상태였다. 어쩌면 벌써 수술을 시작하여 내장을 제거하고 있을지도 몰랐다. 시간이 깊어갔다. 각자가 먹이를 찾아 부산한 시간. 늑대, 스라소니, 담비는 공격에 나설 테고, 그 야만적인 축제는 새벽까지 계속될 것이다. 요란한 연회를 종결짓는 것은 높이 솟아오르는 태양이다. 그러면 운이 좋아 배를 한껏 불린 육식동물들이 휴식에 들어갈 시간이다. 잔뜩 부른 배를 안고 밤의 끝물에 찾아온 햇빛을 즐기면서. 초식동물들은 도망칠 수 있는 에너지로 바꿔줄 몇 줌의 풀을 뜯기 위해 다시 방황의 시간을 시작할 것이다. 먹이를 찾기 위해 늘 땅을 향해 고개를 숙인 채, 목을 구부리고 이마뼈로 마른 풀 껍질을 비벼대야만 하는 숙명을 가진 이들은 희생양이 되는 프로그램에서 빠져나올 수 없다.

우리 일행은 양우리 같은 오두막 안에서 수프를 준비했다. 버너 끓는 소리에 오두막 안이 따뜻하다는 착각마저 들었다. 무려 영하 10도였는데! 우리는 수프를 먹으면서, 일주일 동안 보았던 장면들을 열거해보았다. 비참하기로 보면 훨씬 덜하지만, 흥미롭기로 보자면 터키군이 쿠르디스탄 지역을 침입한 사건에 못지않은 장면들이었다. 무엇보다도 늑대 한 마리가 야크 무리 가운데로 내려온 것과 독수리 한 마리 때문에 들당나귀 여덟 마리가 날아가듯이 도망친 장면은 미국 대통령이 판문점을 방문하여 북한 친구를 만난 것만큼이나 중요한 사건이었다. 나는 동물들에 관한 신문을 상상해봤다. '카니발 중에 공격한 살인자'라는 기사 대신 이런 글을 읽게 될 것이다. '티베트푸른양(버럴)이 쿤룬산맥을 오르다.' 그런 글을 읽으면 다소 불안한 마음이 들면서도, 시적인 정취에 젖어볼 수 있을 것이다.

뮈니에는 수프를 싹싹 다 핥아 먹었다. 귀덮개 밑으로 여윈 뺨은 쑥 들어가 있을 게 분명하지만, 그는 세상에서 가장 남자다운 어조로 말했다. "달콤한 맛으로 마무리하는 거 어때?" 그러고는 능숙하게 단 한 번의 칼질로 과일 통조림의 배를 땄다. 그는 동물을 숭배에 가까울 정도로 존중하는 데 삶을 헌신했다. 그리고 마리도 이런 삶의 길을 선택했다. 그들은 인간이 사는 세상, 다시 말해 무질서 속으로 돌아가는 것을 과연 어떻게 견딜 수 있을까?

명령

다음 날 아침 레오와 나는 강에서 작은 지류가 갈라지는 곳으로 가서, 충적토가 쌓여 이룬 강 옆의 비탈 뒤에 몸을 숨겼다. 그곳은 강을 지나가는 동물들을 보기에 딱 좋은 잠복 장소였다. 바위 위로 검은 구름들이 지나갔다. 음산한 풍경, 고요한 태양, 생생한 빛. 이제 가만히 엎드려 동물들을 기다리기만 하면 되었다. 뮈니에와 마리는 서쪽, 검고 큰 바윗덩어리 뒤를 잠복 장소로 정하고 그곳에 엎드려 있었다. 200미터 정도 떨어진 곳에서 가젤들이 풀을 뜯고 있었다. 어딘가 불안해 보이는 녀석들은 분주하게 움직였다. 풀 뜯는 일에 너무 빠져 있어 늑대 한 마리가 다가오는 것도 눈치채지 못한 듯했다. 이제 곧 사냥이 시작되고 뿌연 먼지 속에서 피가 흐르겠지.

대체 무슨 일이 있었던 걸까? 어째서 이런 잔인한 사냥이 있어야 하고, 왜 이 고통은 늘 다시 시작되는 것일까? 내게 삶은 공격의 연속으로 보인다. 겉보기엔 균형 잡혀 보이는 풍경이지만, 짚신벌레에서부터 검독수리에 이르기까지 모든 생물학적 단계에서 살생이 이뤄지고 있는 무대가 이 세상이다. 고통에서 탈피하는 가장 부드러운 방법을 제시하는 철학인 불교는 10세기에 티베트 고원을 찾아와 자리 잡았다. 티베트는 이런 질문을 해보기에 꼭 알맞은 꿈의 장소였을 것이다. 뮈니에는 여덟 시간 동안이나 계속 한자리를 지키며 잠복하는 게 가능한 사람이다. 그리고 꼼짝 않고 보내는 그 긴 시간은 형이상학적인 사고를 하기에 충분한 시간이다.

내겐 그 전에 답해봐야 할 질문이 있다. 어째서 나는 하나의 풍경 속에서 늘 무대 뒤편의 공포를 먼저 보는 것일까? 심지어 프랑스의 벨일에서도 그렇다. 해 저물기 전에 돌아가야 하는 것을 아쉬워하는 피서객들 사이에서, 태양이 부드럽게 어루만지는 바다를 보며 내가 상상하는 장면은 수면 밑에서 벌어지고 있을 전쟁이다. 포로를 잘게 찢고 있는 게의 집게발, 먹이를 한번에 빨아들이는 칠성장어의 아가리, 자기보다 약한 녀석들을 찾고 있는 온갖 종류의 물고기를 상상하는 것이다. 그들의 가시, 뾰족한 주둥이, 살을 뜯어 먹는 송곳니. 나는 왜 그런 잔인한 장면을 떠올리는 법 없이, 그냥 풍경을 즐기지 못하는 것일까?

상상할 수도 없는 머나먼 태고시대를 그려본다. 빅뱅이 일어나기 전, 그때 어떤 놀라운 힘이 있었고, 어느 순간 그 힘의 통치가 시작되었다. 주변엔 아무것도 없었다. 무無. 인간들은 이 시초의 힘에 이름을 주고자 경쟁을 벌였다. 어떤 이들, 곧 그 힘의 영역 아래 변화해가고자 자신을 억누르는 이들에게 그 힘은 신이었다. 한층 더 면밀하게 사고하는 사람들은 그 힘을 '존재'라고 불렀다. 또 다른 이들에게 그 힘은 최초의 옴의 진동이었고, 대기 중인 물질 에너지였으며, 수학의 한 점이기도 했고, 분화되기 전의 힘이기도 했다. 대리석의 섬들에 살던 금발의 뱃사람, 그리스인들은 그 파동을 '카오스'라고 불렀다. 햇볕에 그을린 나그네 민족인 히브리인들은 그 힘을 '말씀'이라고 명명했고, 훗날 그리스인들은 그것을 '숨결'이라고 번역했다. 각 민족이 그 단위를 지칭하기 위한 단어를 찾아냈고, 그 주장에 반대하는 자들을 죽이려고 각기 칼날을 갈았다. 그런데 인류가 제시한 모든 단어는 한결같이 똑같은 것을 의미했다. 시공간 안에서 어느 순간 최초의 특이점이 파동쳤다는 것이다. 그리고 한 번의 대폭발이 그 특이점에다 해방을 주었다. 그러자 전혀 예상치 못한 것이 확장되었고, 말로 표현할 수 없는 그 무언가가 세세하게 드러났으며, 분화되지 않았던 것이 분화되어 여러 가지 모습을 갖고, 모호한 것이 유기적으로 조합되고, 어둠이 빛을 발했다. 한마디로 그것은 말할 수 없이 급격한 변화였다. 단일성의 종말!

원시의 액체에서 생화학적 정보들이 부글부글 끓기 시작했다. 이어 생명이 나타나고, 땅의 정복에 따른 분배가 이뤄지고, 시간이 공간을 공격했다. 대혼잡이었다. 생명을 가진 것들이 가지를 뻗듯이 여러 갈래로 나뉘고 특수화되면서 서로 멀어졌다. 그리고 각기 자신의 영속성을 보장받기 위해 다른 것들을 잡아먹었다. 진화는 포식, 번식, 변이라는 정교한 형태들을 만들어냈다. 쫓고, 함정을 파고, 죽이고, 이 모든 행위의 보편적 동기는 번식이었다. 세상을 무대로 삼아 전쟁이 벌어졌다. 태양은 이미 불이 붙었다. 태양은 광자로 도살장을 비옥하게 만들어주고, 그렇게 자신을 내어주면서 죽어갈 것이다. 생명이란, 태양의 죽음을 애도하는 진혼곡인 동시에 대학살에 주어진 이름이었다. 정말로 신이 이 사육제의 기원이라면, 그를 소환하기 위한 법정이 필요할 터이다. 신이 피조물들에게 신경계를 장착해준 것은 악덕의 차원에서 볼 때, 최고의 발명품이었다. 그 발명품은 신에게 고통을 바치는 것을 원칙으로 삼았다. 신이 존재한다면, 그의 이름은 '고통'이어야 하리라.

이 세상에 인간이 출현한 건, 우주의 나이에 비했을 때, 마치 어제나 다름없는 극히 최근의 일이다. 그런데 인간의 대뇌피질은 인간에게 전대미문의 재량권을 주었다. 자신이 아닌 다른 모든 것을 파괴할 수 있는 능력을 최상급으로 소지할 수 있게 해주는 재량권. 인간은 스스로가 가진 능력을 통탄하면서 그 일을 행한다. 아픔에 명철함이 더해진다는 건, 그야말로 완벽한 공포가 아닐 수 없다.

그러니 살아 있는 각 존재는 최초의 스테인드글라스가 깨져서 생긴 파편인 셈이다. 그날 아침, 중앙 티베트 고원에서 전투 중에 있던 영양, 수염수리, 귀뚜라미들이 내겐 확장이라는 천장에 매달린 디스코 볼, 그러니까 무수한 결정면을 지닌 디스코 볼의 각각의 결정면처럼 보였다. 말하자면 친구들이 찍은 사진 속의 동물들은 하나의 단위에서 분리된 일부들인 것이다. 도대체 어떤 의지가 수백 년의 시간이 흐르면 흐를수록 점점 더 거리를 벌리면서, 점점 더 풍부한 창의력을 갖고, 놀랍도록 정교한 형태로 진화해가도록 명령을 내렸을까? 나선형의 패턴, 아래턱, 깃털, 비늘, 빨판, 집게발 등은 하나의 단위를 극복하고, 대대적으로 확장해가는 이 놀랍고도 자유로운 힘의 보물창고에 전시된 보배들이다.

늑대가 가젤들에게 다가갔다. 가젤들이 일시에 고개를 들었다. 30분이 지났다. 더는 아무것도 움직이지 않았다. 태양도, 동물들도, 그리고 쌍안경 뒤에서 조각상처럼 꼼짝 않고 있던 우리도. 시간이 지났다. 움직이는 것이라곤, 천천히 밀려와 산을 엄습하는 어둠의 조각들, 구름뿐이었다.

이제 '유일한 존재'였던 그 힘의 소유물인 생물들, 살아 있는 존재들이 군림하기 시작했다. 진화는 계속해서 진행되었다. 우리 중 수많은 사람이 태초의 시대를 꿈꾸었다. 모든 것이 시초의 진동 속에서 안식하던 그 시대를.

이런 위대한 시작에 대한 그리움을 어떻게 진정시킬 수 있을까? 우린 여전히 신께 기도할 수 있었다. 그건 즐거운 일이었고, 황새치를 낚는 일보다 덜 피곤했다. 우린 대립 이전에 있었던 '하나됨'이라는 속성에 호소했고, 기도실에서 무릎을 꿇었으며, 시편을 암송했다. 신이여, 왜 당신은 당신 자신으로 만족하시지 않고, 생물학적 실험에 당신을 던지시는 겁니까? 기도는 실패하게 되어 있다. 그 근원이 너무 복잡한 데다, 인간이 이 땅에 너무 늦게 나타났기 때문이다. 노발리스[10]는 그 점을 더 정교하게 말했다. "우리는 절대를 추구한다, 하지만 우리가 발견하는 건 늘 사물들일 뿐이다."

다른 한편으로는, 최초의 에너지가 우리 각자 안에서 사라지지 않고 계속 박동하고 있다고 생각할 수도 있다. 다시 말

10 노발리스Novalis, 『꽃씨*Grains de pollen*』—원주

하면 우리 모두 안에 약하긴 하지만 최초의 진동음이 여전히 울리고 있다고 보는 것이다. 죽음은 그런 우리를 최초의 시時 속으로 다시 들여보낼 수 있을 것이다. 에른스트 윙거[11]는, 전 캄브리아기(캄브리아기 이전의 지질 시대. 약 46억 년 전부터 약 5억 7,000만 년 전까지의 시대)의 작은 화석을 손에 쥐던 순간, 생명의 출현(말하자면 불행의 시작)에 관해 명상에 잠겼고, 기원에 대해 상상해보았다고 했다. 그러곤 이렇게 말했다. "언젠가는 우리가 서로를 알고 있었음을 알게 될 것이다."

그리고 또 하나, 뮈니에의 기술이 남아 있다. 쉴 새 없이 셔터를 눌러서 최초 분열의 반향들을 찾아내고, 늑대들에게 경의를 표하고, 두루미의 우아한 모습을 찍으며 진화를 통해 폭발한 순수 물질의 파편들을 모아들이는 것이다. 각 동물은 잃어버렸던 근원의 작은 조각들을 저마다 섬광처럼 보여준다. 그러면 메두사의 저주로 잠 속에 빠져 더 이상 가슴이 고동치지 않게 되었다는 슬픔도 어느 순간 약해진다.

잠복 행위는 일종의 기도다. 동물을 관찰하면서, 우린 신비주의자들처럼 굴었다. 최초의 기억에 경의를 표한 것이다. 예술이 소용되는 데가 또 있으니, 그건 절대의 조각들을 다시

11   에른스트 윙거Ernst Jünger, 『포도밭의 오두막La cabane dans la vigne』—원주

모으는 것이다. 박물관에서 우린 바로 그 모자이크의 액자 속에 들어 있는 그림들 앞을 지난다.

내가 이런 성찰을 피력하고 있는 동안, 레오는 기온이 조금 오른 시간을 이용해서 잠을 잤다. 날씨는 영하 15도였고, 늑대는 가젤들에게 들키지 않은 채 계속 전진하고 있었다.

2

안
뜰

공간의 진화

열흘째 되던 날 새벽, 우리는 아지트를 떠나 지프를 타고 서쪽으로 향했다. 햇빛으로 땅이 하얗게 보였다. '빛나는 암흑의 심장', 도교 신자였다면 그렇게 말했을 것이다. 오두막에서 100킬로미터쯤 떨어진 곳, 쿤룬산 밑자락에 야뉴골 호수가 있었다. 뮈니에가 말했다. "골짜기 머리로 가보자. 거기에 야크들이 있거든." 오늘의 메뉴……가 아니고, 오늘의 명령이다.

비포장도로에 바퀴 자국을 내며 100킬로미터를 가려면 한나절이 필요했다. 수백만 번 맞이했을 겨울로 인해 매끄러워질 대로 매끄러워진 울퉁불퉁한 검은 산비탈이 하늘로부터 흘러내리고 있는 것처럼 보였다. 어느 순간 골짜기가 열렸다, 아주 넓게. 북쪽의 산록지가 지켜주고 있는 골짜기였다. 6,000미터의 산봉우리가 이따금 모습을 드러냈다. 누가 그런 곳에 관심을 둘 것인가? 동물들도 그곳엔 올라가지 않았다. 이런 환경에선 등산도 하지 않는다. 신들도 후퇴하고 숨었다. 좁은 골짜기들이 산비탈들을 온통 할퀴어놓았다. 마치 물이 흘러내리기를, 다시 말해 죽기를 거부하는 것 같았다. 영하 20도. 그래도 사막은 도주하는 행렬들로 살아 움직였다. 들당나귀들이 먼지를 내며 달려가고, 가젤들이 신기록을 세우며 뛰어가고…… 동물들은 결코 지치는 법이 없다. 맹금들은 설치류들의 땅굴 위에서 출발 자세를 하고 감시하고 있었다. 검독수리들과 매들과 푸른양들이 뒤섞여 사는 이곳은 얼어붙은 정원 안에 숨겨져 있던 중세기의 맹수 감옥이다. 충적토가 쌓인 비탈 위의 흙길 근처에서 늑대 한 마리가 못마땅한 표정으로 분탕질을 했다. 해발 5,000미터 가까운 곳에서 뛰어다니는 초식동물들이 늑대의 자존심을 상하게 했던 것 같다. 난 숨이 답답해졌다.

그곳의 풍경은 사원 벽에 늘어져 있는 티베트 그림들에서 보았던 것처럼, 세 개의 층위로 나뉘어 있었다. 층위마다 각기 장엄함이 드러나는 풍경이다. 하늘에는 영원한 얼음. 언덕 위엔 안개가 점령한 바위들. 그리고 골짜기엔 속도에 취한 존재들. 티베트에 온 지 열흘이 지난 지금, 동물들과 마주치는 것이 통상적인 일이 되어버렸다. 이런 만남에 익숙해지는 나 자신을 자책했다. 그러면서 카렌 블릭센이 아침마다 케냐의 옹

공 언덕 밑에서 홍학 떼가 갑자기 날아오르는 대장관을 무심한 표정으로 바라보며 아침 식사하는 모습을 상상해봤다. 그녀도 장엄한 자연의 아름다움에 진력이 났을까? 아프리카를 떠나 도시로 돌아온 그녀는 훗날 지상 낙원에 관한 가장 아름다운 책, 『아웃 오브 아프리카』를 썼다. 사람은 말로 표현할 수 없는 아름다움엔 절대로 지치지 않는다는 증거다.

창탕 고원이 다가왔다. 내 불타는 사랑의 장소가 모습을 드러내기 직전, 서막이 열린 것이다. 난 십수 년 동안 이 비밀의 성 주위를 돌아다녔었다. 걷기도 하고, 트럭을 타거나 자전거를 타기도 하면서, 스무 살에서 서른다섯 살 사이의 나는 그 성안으로 들어가지 않고, 심지어 성채 위로 눈길 한번 던지지 않은 채 앞뜰만 밟고 다녔던 셈이다. 평균 해발 5,000미터에 이르는 티베트의 심장. 티베트 고원 중에서도 가장 높고 혹독한 지대로서, 늪지대가 많은 창탕 고원은 면적이 프랑스 크기만 하며, 북쪽의 쿤룬산맥과 남쪽의 히말라야산맥 사이에 위치한다. 이 지역은 극도로 가혹한 환경 탓에 전문 기술관리 집단이 국토정비라는 명목으로 행하는 공간 황폐화 작업을 피해갈 수 있었다. 이 지역엔 아무도 거주하지 않고, 유목민 몇 부족이 지나다니기만 할 뿐이다. 그래서 마을 하나, 도로 하나 볼 수 없다.

그 황량한 풍경 속에서 텐트 천이 돌풍에 펄럭거리는 소리를 냈다. 인간의 존재를 알려주는 표지다. 지리학자들은 이 황량한 고산지대를 어설프게 지도로 작성했다. 그저 21세기 지도 위에 19세기 탐험가들이 일시적으로 사용했던 노정표를 그려놓은 식이다. 지금 시대에 대해 '모험의 종말'을 운운하며 탐험할 곳이 없다고 투덜거리는 사람들에게 이 비밀스러운 고원의 존재를 알려준 것은 잘한 일이었을 터다. 열정이 식은 자들은 늘 징징거렸다. '우린 너무 늦게 태어났어. 지금은 알려지지 않은 곳이라곤 도무지 없는 세상이잖아.' 그러나 조금만 찾아보면, 그늘에 가려진 영역들은 아직도 존재한다. 뒷계단으로 인도하는 뒷문을 살짝 밀어보는 것으로 충분하다. 창탕 고원은 그런 공간으로 향하는 좁은 길을 제공한다. 하지만 그 공간에 이르기 위해선 얼마나 큰 노력이 필요한지!

미국의 생물학자인 조지 B. 샬러는 1980년대에 그 지역을 누비고 다니면서 곰, 영양, 표범을 연구하여 세계적 명성을 떨친 포유동물학자이다. 그는 중국 당국에 밀렵꾼이 있다는 사실을 경고했었다. 덫을 놓는 사냥꾼들이 이 고원을 텅 비게 했기 때문이다. 그러나 사실상 당국은 동물 학살의 공모자였다. 그들 중 아무도 미국인의 말에 귀를 기울이지 않았다. 결국, 그 지역을 자연보호 구역으로 지정하는 데 1993년까지 기다려야 했고, 그곳에서 모든 사냥을 금지하게 하는 것은 2000년이 되어서야 가능했다. 우리 일행에게 복음서가 된 샬러의 책은 늘 자동차 뒷유리창 밑에 놓여 있었다. *wildlife of the Tibetan Steppe*라는 영어로 된 책의 제목을 우리 중에서 학력이 가장 높은 레오가 친절하게도 설명해주었다. '티베트 대초원의 야생동물'이라는 뜻이라고. 뮈니에는 몇 년 전 실제로 샬러를 만났다. 뮈니에가 스승처럼 여기는 샬러는 그가 찍은 북극 늑대의 사진들을 보고 찬사를 아끼지 않았고, 스승으로부터 인정을 받은 우리의 친구는 마치 왕으로부터 기사 작위를 받은 것처럼 감동했었다.

이번 여행에서 우리는 샬러를 두 가지 작위를 가진 우리의 멘토로 선포했다. 우선 그는 창탕의 신비들을 처음으로 열어젖힌 개척자였다. 게다가 1970년대에는 작가인 피터 매티센과 함께 네팔의 돌포 지역을 걸어서 여행했는데, 그때 두 미국인은 티베트푸른양과 눈표범을 추적했었다. 샬러는 눈표범을 목격했으나, 어찌 된 일인지 그 눈표범은 정작 『눈표범』이라는 자못 심오한 책을 썼던 매티센의 시선만은 살짝 피해가고 말았다. 그 책이 심오한 까닭은 메티센이 종의 진화와 함께 탄트라 불교를 다루었기 때문이다. 그 책에서 매티센은 주로 자신에게 몰두하고 있었다. 나는 뮈니에와 함께 있으면서,

동물을 응시한다는 것은 미러 이미지를 투사하는 것임을 깨닫기 시작했다. 동물들은 자기를 응시하고 있는 자의 관능, 자유, 자립성을 그대로 보여준다. 인간이 의식적으로 거부하고 있던 것들을.

호수로부터 50킬로미터쯤 떨어진 곳에서, 하늘이 새로운 빛을 발하고 있었다. 커다란 호수에 비친 하늘의 빛. 한 떼의 짐승이 남쪽으로 내달렸다. 나는 샬러의 복음서를 펴보고, 그것이 티베트 영양들이라는 사실을 알았다. 그림 밑에는 '치루'라는 티베트어 이름이 명시되어 있었다.

"차 세워!" 샬러 복음서의 빛이 굳이 필요치 않은 뮈니에가 말했다.

우린 길 한복판에 자동차를 세우고 모두 내렸다. 영양들의 털이 그 밝고 세련된 빛깔로 무미건조한 황야의 풍경을 유쾌하게 만들어주었다. 영양들에게 죽음의 선고를 내리게 만든 것은 다름 아닌 그 털이다. 캐시미어보다 더 부드러운, 흰색과 옅은 회갈색의 아름다운 털을 탐낸 사냥꾼들은 세계적인 방직물 기업가들에게 영양 가죽을 팔아넘겼다. 그래서 이 아름다운 자태의 동물은 정부 차원의 보호 정책에도 불구하고 멸종 위기에 처하게 되었다. 영양들의 목덜미 주위를 둘러싼 빛을 보고 있자니, 지구에서 인간이 지나간 흔적 중 하나는 싹쓸 이해서 없애는 능력일 거라는 생각이 들었다. 그래서 난 인간의 고유한 본성을 정의하는 철학적인 문제 하나를 해결했다. 인간은…… 청소기다.

두 눈에 망원경 렌즈를 갖다 대고, 나는 또 생각했다. 서로를 챙기느라 속도를 줄였다 늘였다 하면서 뛰어가는 저 동물들의 아름다운 털은 결국엔 신체적 능력이 저들보다 현저하게 떨어지는 인간이라는 동물의 어깨 위에 얹히게 되리라는 것을. 바꿔 말하자면, 외모나 능력이나 교양 등 모든 것을 갖췄지만 100미터도 뛰지 못하는 소위 멋쟁이 여성들은 치루 털로 만든 목도리를 두르는 것에 대해 조금도 부끄러워하지 않을 것이다.

난 북쪽으로 기울어진, 하얀 돌멩이들이 깔린 비탈 맞은편의 길옆 구덩이에 몸을 뉘었다. 마리가 검술로 대결 중인 두 마리 수컷을 필름에 담았다. 두 녀석의 뿔이 서로 얽혔다. 옻칠한 나무 잔에 사기 제품이 부딪치는 소리가 났다. 치루는 끝이 약간 앞으로 구부러진 뿔을 갖고 있다. 그 뿔은 상대의 몸통을 꿰뚫을 수 있었지만, 두개골을 깨뜨릴 순 없다. 결국, 두 검투사는 얽혀 있던 검을 풀었다. 승패가 결정이 난 것이다. 정복자는 승리의 보상으로 암컷 무리를 향해 달려갔다. 마리가 카메라를 정리하면서 말했다.

"치열하게 싸운 뒤 항상 이긴 놈이 아가씨들에게 가는 것, 이거 정말 오래된 이야기인데!"

일체에서 다중으로

중국 도교의 성지 중 하나인 야뉴골 호수는 평원 한가운데, 해발 4,800미터 높이에 걸려 있다. 제사 제물로 모래 안에 비취를 담아놓은 듯한 호수였다. 그 아름다운 호수가 너른 평지에서 우리 앞에 나타난 건 석양이 질 무렵이었다. 호수 북쪽으로는 6,000미터가 넘는 쿤룬산맥의 송곳니 같은 산봉우리들이 보이고, 남쪽은 창탕 고원이 가장자리를 둘렀는데, 창탕 고원 안쪽에 비밀스러운 구역이 있다고 했다.

우린 그 연못을 '도道의 호수'라고 불렀다. 도교 순례자들이 매해 여름이면 그곳으로 모여들었다. 인간과 대자연이 하나라는 물아일체의 사상을 내세우는 사람들이었다. 그들 중 어떤 이들은 무위의 삶까지 주장했다. 도교는 불교 신앙의 영역에 중국의 직관적 철학인 도가사상을 결합한 것이다. 도교는 아무것도 인위적으로 하지 말 것을 권유했고, 불교는 아무것도 욕망하지 말라고 가르쳤다. 하지만 우리 같은 서구인들은 이런 가르침 앞에서 무엇을 할 수 있을까?

기원전 6세기부터 전파된 도교는 마침내 티베트 고원을 찾아와 자리 잡았다. 대체 누가 도가사상을 이 접경지역으로 들여왔을까? 노자 자신이었을까? 전통에 따르면, 이 현인은 『도덕경』을 완성한 후 물소를 타고 온 세상을 돌아다녔다고 한다. 나는 그가 여전히 21세기 빛 속을 유유히 돌아다니고 있는 건 아닌지 상상해본다.

중국 당국은 호수 서쪽 해안에 도교 신자들을 위한 막사들을 줄지어 세워놓았다. 그러나 지금은 단 한 명의 사람도 보이지 않고, 늘어진 양철판만 바람 속에 버려진 채 삐거덕 소리를 내고 있을 뿐이었다. 붉은 깃발들이 펄럭이는 가운데 맹금 한 마리가 하늘을 날고 있었다. 주변은 텅 비었고, 생명은 억제되었다. 해가 기울기 시작했다. 어둑어둑해지는 대기 속에서 비췻빛 물이 어스름한 우윳빛으로 바뀌었다.

우리는 초라한 막사 안에 침낭을 폈다. 막사의 금속 벽은 냉기를 매우 효과적으로 전해주었다. 저녁 7시. 제대로 닫히지 않은 문을 한 번의 발길질로 쾅 닫았다. 황혼의 광야에서 가젤들은 여전히 경중경중 달리고, 우는토끼들은 깡충깡충 뛰어다녔으며, 독수리들은 하늘을 빙빙 돌고 있었다.

'네 영혼은 우주의 근원인 일체를 감싸 안을 수 있는가?'[12] 『도덕경』은 10장에서 이렇게 묻고 있다. 이 질문은 아주 탁월한 수면제였다. 동물들을 만난 이후로 이 질문은 강박처럼 내 머릿속을 떠나지 않았다. 본래 하나의 힘이었으나 가학적 형태를 가진 만물로 잘게 부수어진 세상, 그러나 세상은 아직도 그 기억을 전파하고 있었다. 근원이 나뉘었고, 무언가가 일어났다. 우리는 그게 뭔지 절대 모를 것이다. '도'는 시초의 이름인가, 아니면 만물로 분열된 후의 이름인가? 『도덕경』의 첫 장을 열었다.

이름을 붙일 수 없는 것은 천지의 근원이고,

이름으로 불리게 되면 만물의 모태가 된다.[13]

시작과 존재. 절대와 만물. 신비주의자들은 어머니를 찾았고, 동물학자들은 후손에 관심을 가졌다.

12 　載營魄抱一(재영백포일) 能無離乎(능무리호): 혼백을 하나로 감싸 안고 떨어져 나가지 않게 할 수 있는가.

13 　노자는 『도덕경』에서 '도道'에 대해 설명하며, '무명천지지시無名天地之始, 유명만물지모有名萬物之母'라고 했다. 이름을 붙이기 전에는 천지의 시작이니 무어라 따지기 어렵고, '도道'라는 이름을 붙였을 때에야 만물의 모태로서 설명이 가능해진다는 것이다. 즉, 이름으로 존재가 인식되고, 존재 이유를 부여받으며, 이름이 곧 그 존재가 된다.

내일, 우리는 동물학자가 되어 그 후손들을 찾아 나설 것
이다.

본능과 이성

이름 모를 산봉우리 하나가 남쪽에 우뚝 솟아 있었다. 호수에 도착했을 때부터 우린 그것에 주목했다. 창탕 언저리에 피라미드처럼 솟아 있는 산봉우리. 호수의 모래톱 해안에 자리를 잡은 다음 날, 우리는 그 산을 오르기 위해서 완만한 너른 비탈길을 일렬로 행진했다. 이틀 후엔 정상에 이를 수 있을 거라고 생각했다. 지도엔 정상 높이가 해발 5,200미터라고 나와 있었다. 그곳에서 내려다보면 호수며 고원이며 주변을 한눈에 볼 수 있을 게 분명했다. 레오가 "완전 로열박스겠네요." 라고 말했다. 우리가 바란 건 오직 하나, 로열박스까진 안 되더라도 수면 위로 떠 있는 발코니 좌석이기만 하면 그걸로 족할 터였다. 우린 그 산으로 향하면서 도가사상이 스민 촌극 놀이를 즐겼다. 하늘로 열심히 올라가서 아무것도 없는 허공을 응시하는 우리의 모습을. 어쨌거나 정상에 이르기 위해선 면

저 꽁꽁 언 시내를 건너야 했다. 발밑에서 도자기 같은 얼음이 깨지는 소리가 들렸다. 시내를 건너고 나니, 이번엔 자갈 섞인 점토로 이뤄진 무른 지층의 비탈이 시작되었다.

뮈니에와 마리와 레오는 짐에 눌려 있었다. 식량에다가 야영과 사진 촬영에 필요한 물품들이 동료들의 짐가방을 무려 35킬로나 되게 만들었다. 뮈니에의 짐은 더욱 많아서 40킬로에 달했는데, 그건 뮈니에가 문화적 짐을 포기하지 않았기 때문이다. 샬러의 그 두꺼운 책들. 난 동료들의 수고에 동참하지 못해 몹시 죄책감이 들었지만, 그때그때 떠오르는 생각들을 메모해두었다가, 잠들기 전 동료들에게 읽어주는 것으로 나의 부끄러움을 상쇄할 수밖에 없었다. 만년필 잉크마저 금방 얼어버리는 날씨였기에, 아주 빠른 속도로 기록하지 않으면 안 되었다. '이곳의 비탈들은 마치 세상에 대해 글쓰기를 마친 하느님이 펜을 내려놓다가 실수로 잉크병을 쏟으시는 바람에, 검은색의 나뭇결무늬로 줄을 그으며 흘러내린 잉크처럼 보였다.' 이 표현은 전혀 과장되어 보이지 않았다. 5,000미터 높이의 원뿔 봉우리들이 한결같이 테이블 위에 놓인 잉크병 모양인 데다, 능선과 비탈은 검은 녹청색으로 물들어 있었기 때문이다. 게다가 아주 멀리, 정지한 듯 서 있는 야크들은 점점이 구두점을 찍어놓은 것 같았다.

무너져 쌓인 흙더미들로 인해 거무스레한 비탈들은 청동 갑옷을 입고 있는 것처럼 보였다. 우리는 그 짙은 녹청색이 반사하는 햇빛을 깊이 들이마셨다. 눈을 뜨지 못할 정도로 매서운 추위였지만, 얼굴을 훑는 바람을 뚫고 앞으로 앞으로 계속 나아갔다. 동료들이 불쑥 튀어나온 바위 위에 걸터앉아 숨을 돌렸다. 협곡들이 좁고 어두운 복도들을 열어 보였다. 그 협곡들은 세 부류의 종족들을 이곳으로 불러들였다. 명상가, 탐험가, 밀렵꾼. 우린 첫 번째 범주에 속한 자들이었다. 골짜기마다 관심을 끌었지만, 우린 목표물을 비껴가지 않았다. 그래서 저녁 무렵 4,800미터 고도에서 마른 골짜기 바닥에 자리를 잡을 수 있었고, 밤이 되기 전에 200미터쯤 더 위로 올라가볼 수 있었다. 만년설이 덮인 계곡이 보였다. 오후 6시쯤, 1킬로미터 정도 떨어진 맞은편 정상에 야크 한 마리가 나타났다. 그러더니 또 한 마리, 다시 한 마리, 또다시 한 마리가 나타났고, 어느덧 스무 마리가 뉘엿뉘엿 넘어가는 해의 마지막 남은 빛 속에서 장엄한 장면을 연출했다. 모여 있는 야크들의 그림자가 성채 꼭대기의 요철처럼 보였다.

그것은 아주아주 오래전에 보내진 토템이었다. 1킬로미터를 사이에 두고 우리와 마주한 녀석들은 육중하고 힘이 셌으며 침묵한 채 움직이지 않았다. 현대적인 구석이라곤 하나도 없었다! 녀석들은 진화하지 않았고, 다른 종과 교배되지도 않았다. 수백만 년 이래로 여전히 똑같은 본능에 이끌려왔고, 똑같은 유전자가 그들의 욕망에 코드화되어 있었다. 녀석들은 바람에 맞서서, 비탈에 맞서서, 혼합되는 것에 맞서서, 모든 변화에 맞서서 자신들을 지켜왔다. 그들은 순수하게 남았다, 변함없이 지속적인 삶을 살아오고 있기 때문이다. 말하자면 야크는 정지된 시간을 담고 있는 그릇이었다. 선사시대가 흘린 눈물 한 방울 한 방울이 모두 한 마리, 한 마리의 야크가 되었다. 그들의 그림자는 이렇게 말하고 있었다. '우린 자연으로부터 나왔소, 우린 변하지 않았지. 우린 그 옛날부터 지금까지 여기 있소. 당신들은 문명에서 왔다지? 인공적이고, 불안정하고, 끊임없이 변하는 당신들은 쉬지 않고 늘 혁신을 일으켜 오더군. 자, 이제 당신들은 어디로 갈 것이오?'

영하 20도. 그들과 다른 우리 인간들은 이 혹독한 지역을 단지 지나가기만 할 뿐인 것으로 운명 지어졌다. 지구 대부분의 지면은 인간 종족을 위해 열려 있지 않았다. 인간은 적응력이 아주 미약하고, 아무 데도 특수화되지 않은 종족이다. 하지만 치명적 살인 무기인 두뇌 피질을 갖고 있었다. 그 무기가 인간에게 모든 것을 허용해주었다. 우린 이 세상을 인간의 지성에 복종하게 만들 수 있었고, 우리가 선택한 자연환경 속에서 살 수 있었다. 이성이 인간의 어리석음을 변호해주었지만, 우리의 불행은 우리가 머물 곳을 선택하기 어렵다는 데 있었다.

　서로 반대되는 성향 사이에서 우린 어떻게 결단을 내려야 할까? 우린 '본능'을 박탈당한 존재가 아니다. 문화주의적 철학자들이 주장하듯이, 오히려 인간은 너무 많은 본능, 모순들로 인해 복잡해졌다. 인간은 자신의 발생론에 대해 확실한 결정을 내리지 못해서 고통받고 있다. 우린 그런 우유부단성에 대해 대가를 치러야 할 것이다. 인간의 유전자는 우리에게 아무것도 강요하지 않는다, 그러니 이제부터라도 우리의 의지에 제공된 모든 가능성 가운데 하나를 선택해야 한다. 얼마나 현기증 나는 일인가! 어떤 선택이라도 할 수 있다는 건 얼마나 엄청난 저주인가! 인간은 자신이 두려워하는 것을 해보고 싶어서 애를 태우고, 스스로가 세운 규칙을 위반하고 싶어서 안달한다. 항해할 때는 페넬로페가 보고 싶어서 훌쩍거리다가도, 막상 집에 돌아오면 다시 모험을 떠나길 꿈꾸는 오디세우스처럼. 인간은 어디든 정박할 수 있지만, 그러나 어디서도 절대로 만족할 수 없게끔 운명 지어졌다. 그래서 언제나 '동시에'를 꿈꾼다. 하지만 '동시에'는 생물학적으로 가능하지 않고, 심리학적으로도 바람직하지 않으며, 또한 정치적으로도 감당할 수 없다.

어떤 밤에는 파리 15구역의 북적거리는 카페 테라스에 앉아, 프랑스 남부의 소박한 시골집에서 조용히 지내는 삶을 그려보기도 한다. 그러나 곧 그 장면을 지워버리고, 모험의 길을 떠나는 상상 속으로 빠져든다. 한 방향으로 고정할 수 없기에 늘 멈춤과 움직임 사이에서 망설이다가 결국 흔들림에 복종하고 마는 나는 야크를 질투하지 않을 수 없다. 확고한 결정 속에 스스로를 가두고, 그런 자신에게 만족할 수 있는 능력을 지닌 존재, 그리고 그곳에서 살아남을 수 있는 괴물들. 그것이 야크다.

인류사의 천재들은 일탈하지 않고, 오직 한 길만을 선택한 자들이었다. 엑토르 베를리오즈는 '고정관념'을 천재의 조건으로 보았다. 기본적인 하나의 모티프를 계속 출현시키는 '고정 악상'을 사용한 그의 환상곡은 새로운 형식의 가능성을 제시했다. 후세에 뭔가 하나라도 전해주길 바란다면, 이것저것 온갖 것을 다 끌어들이지 않는 게 낫다.

동물은 운명이 가둬버린 환경에 스스로를 제한시켰다. 필요에 의해서였다. 동물들의 유전자 코드는 생물학적 환경이 아무리 적대적일지라도 그 환경을 따라가는 성향을 지니게 해주었고, 이런 적응성이 야크를 주권을 지닌 당당한 군주가 되게 해주었다. 다른 곳으로 옮기려는 욕망이 없었기에 갖게 된 주권이다. 동물, 그들의 맹목적인 고정관념.

기온이 뚝 떨어졌다, 자리를 옮길 시간이 되었다. 우린 야크들을 뒤로하고 그곳을 떠나, 200미터 아래에 마련한 캠프로 갔다. 녀석들은 반추만 하고 있을 뿐, 움직이지 않았다. 인간은 세상의 주인이지만, 아주 허약하고 번뇌하며 불안해하는 주인이다. 성채 위에서 방황하는 햄릿이여!

캠프에 도착하자마자 침낭 속으로 기어들었다. 텐트의 지퍼를 내리기 전 뮈니에가 명령을 내렸다.

"모두들 소음방지용 귀마개를 하지 않는 게 좋을 거야. 늑대들이 곧 노래를 부를 테니까."

내가 여행을 떠났던 건, 바로 그런 말들을 듣기 위해서였다.

잠시 후에 달이 떴고, 우리로선 할 수 있는 게 아무것도 없었다. 텐트 속은 영하 30도. 꿈조차 얼어붙었다.

지구의 고통

새벽 4시 기상. 온도계가 영하 35도를 가리켰다. 이 추위에 침낭에서 빠져나온다는 건 멍청한 짓 같았다.

이런 환경에서 추위로 고통받지 않으려면 모든 움직임을 조직화해야 한다. 동작 하나하나가 한 번에 정확하게 이뤄져야 한다는 소리다. 장갑 찾기, 침낭 속에서 구두끈 묶기, 각 물건을 질서 있게 정리하기, 압박대를 죄기 위해 엄지장갑 벗었다가 재빨리 다시 끼기. 동작이 조금이라도 굼뜨면 추위가 신체의 한 부분을 사로잡아서, 다른 한 부분을 물어뜯기 전엔 절대로 놓지 않는다. 추위는 온 전신을 휘젓고 돌아다녔다. 오랜 세월이 흘러도 신체는 단련되지 않는다. 하지만 정확한 움직임을 훈련하면, 고통을 조금은 줄일 수 있다. 뮈니에는 엘즈미어섬이나 캄차카에서의 겨울을 지내는 동안 야영 캠프를 접었다 펴는 훈련을 워낙 많이 한 덕분에, 아주 재빠른 동작으로 모든 것을 해치웠고, 그래서 추위의 공격을 나만큼 받지 않는 것 같았다. 레오도 정확하게 움직였다. 그는 가방을 다 싸고, 복장도 다 갖추고, 모든 준비를 나보다 빨리 마쳤다. 그에 비해 정리가 뒤죽박죽인 마리와 나는 추운 방에서 기상하는 고통을 그들보다 더 느꼈겠지만, 그래도 걸을 때는 행복했다. 도가사상은 '움직임은 추위를 이긴다'라고 말한다. 그건 열역학의 첫 번째 원칙이기도 하다. 그날 아침 우리는 도교 철학과 열 물리학의 지침에 맞추어 열심히 분발했다.

넓은 능선을 따라 5,200미터까지 올라갔는데, 그 높이에 적응이 쉽지 않아서 느린 속도로 움직여야 했다. 넓지 않은 정상에 이르고 보니, 얼어서 갈라진 돌들이 편평한 들판을 이루고 있었다. 얼마 지나지 않아서 해가 떴다. 마침내 창탕 고원의 전경이 펼쳐졌다. 그곳은 먼지가 날리고, 하얀 늪지대가 정맥처럼 나뭇결무늬를 만들어낸 1,000킬로미터 길이의 테이블이었다. 안개가 지평선을 이루고 있었다. 아무것도 없는 그 공간 안에서도 생명은 여전히 계속되고 있었다. 다만 모습을 감춘 채로.

나는 그 고원을 동에서 서로 길게 가로지르는 여행을 상상했다. 세상의 많은 장소 중에는 그 이름만으로도 꿈을 꾸게 만드는 곳들이 있다. 그리고 창탕이라는 지명은 내게 그 기능을 충족시켜주었다. 때로 마법 같은 이름들은 그림이나 시의 제목이 되기도 한다. 빅토르 스갈랑[14]은 결코 갈 수 없는 나라, 그리고 그 이름 철자에 h자가 들어가 있는 나라 '티베트Thibet' 에 대해 꿈을 꿨었다. 그는 그 나라에서 영혼의 정화가 이뤄지는 깊은 동굴을 보았다. 그리고 훗날, '티베트'라는 이름은 가볼 수 없는 국가들에 대한 사랑을 고백한 그의 시집 제목이 되었다. 그 시집에서 스갈랑은 결코 가지 못할 먼 나라들에 대한 향수, 먼 곳에 대한 동경, 독일어로 하면 '페른베(방랑벽)' 라고 하는 감정을 표현했다. 내 두 발로 걸어보는 창탕은 다음번엔 그 허허벌판 같은 곳을 걷는 모험에 도전해보라고 제안해왔다. 과연 그곳은 정복해야 할 왕국, 삼각 깃발을 펄럭이며 일렬로 줄지어 말을 타고 달려야 할 영토였다. 언젠가는 건조하기 짝이 없는 그 땅 위를 똑바로 걸어볼 것이다. 그날 나는 이처럼 높은 곳에서 창탕 고원을 보았다는 사실에 가슴 벅차오르는 기쁨을 느꼈다. 그리고 내가 절대로 알 수 없을 어떤 것과 굳게 약속했다.

정상에서 두 시간을 머물렀지만, 동물은 한 마리도 보지 못했다. 하다못해 맹금 한 마리도. 그러고 보니, 허허벌판의

---

14 Victor Segalen(1878~1919): 프랑스의 군의관, 민속학자, 문학자. 타이티에서 근무하며 고갱에 관한 글을 썼다.

땅에 수로 같은 긴 구덩이들이 보였다. 중국인들이 그 구역마저 불도저로 파헤쳐버렸음을 말해주는 흔적이었다. 광석을 찾는 자들이었을까?

"지역이 텅 비었군." 뮈니에가 말했다. "내 고향의 보주산지처럼 말이야. 어렸을 때, 그러니까 60년대에 아버지가 사람들한테 계속 경고하셨어. 그때 이미 재앙을 예감하셨던 거지. 레이첼 카슨[15]도 『침묵의 봄』을 집필해서 살충제의 해악을 고발했었고. 당시만 해도 환경 오염에 대한 심각성을 깨달은 사람들이 그리 많지 않았어. 르네 뒤몽[16]이라든가, 콘라트 로렌츠,[17] 로베르 에나르[18] 같은 사람들이 입을 열기 시작했는데, 듣는 사람이 없어서 허공에 대고 설교하는 것 같았을 거야. 아버지는 사람들의 반응을 기다리다 못해 지치고 슬픔에 빠지셨어. 모두 아버지를 극좌파 취급했거든. 그 때문에 아버지는 병에 걸리셨지. 슬픔의 암."

"지구의 고통을 육체로 느끼셨던 셈이로군." 내가 말했다.

---

15   Rachel Carson(1907~1964): 해양생물학자, 대중과학 작가. 타임지에서 선정한 20세기를 변화시킨 인물 중 한 명.

16   René Dumont(1904~2001): 프랑스의 농학자.

17   Konrad Lorenz(1903~1989): 오스트리아의 동물학자. 1973년 노벨생리의학상 수상.

18   Robert Hainard(1906~1999): 스위스의 자연주의 작가.

"뭐, 그렇게 말할 수도 있겠네." 뮈니에가 말했다.

우린 하루 만에 세상의 중심, 우리의 호수로 돌아왔다. 어둠이 서서히 내려앉기 시작했고, 여덟 시간을 걸은 후에야 시냇가에 닿을 수 있었다. 침묵이 나지막한 소리를 냈다. 벌써 어두워진 쿤룬산들이 친절한 호위병처럼 우리를 지켜주었다. 고원은 휑했다. 아무 소리도, 아무 움직임도, 아무 향기도 없었다. 그것은 아주 깊은 잠이었다. '도'는 안식했고, 호수엔 주름 하나 없었다. 그 평온함으로부터 교훈이 탄생했다.

온갖 것이 혼잡하게 움직여도 나는 그들의 되돌아감만 눈여겨본다.
세상의 온갖 것은 결국 모두 그 뿌리로 돌아가기 마련이다.
뿌리로 돌아가는 것, 그것이 평온 속으로 들어가는 것이다.

나는 마취제처럼 잠이 오게 하는 이런 난해한 글을 좋아한다. 하바나산 담배 연기 같은 도의 철학은 달콤한 수수께끼 같다. 위대한 진리를 깨닫도록 독촉받는 것은 아니지만, 그러나 마취제 같은 이런 글 역시 성 아우구스티누스의 책만큼이나 달콤한 쾌감을 준다.

티베트에선 유일신교 같은 게 생겨날 수 없었을 것이다. '신은 유일한 존재'라는 명제는 비옥한 초승달 지역에서 다듬어졌다. 가축을 기르고 농사를 짓는 국민은 군집하여 조직체를 이뤘다. 이어서 강 주변에 도시들이 나타나기 시작했다. 그후로 사람들은 여신을 위해 황소의 목을 따는 것으로는 더 이상 만족할 수 없었다. 공동체적 삶을 통제하고, 농산물의 수확을 축하하고, 양 사육 시스템을 구축해야 했다. 그래서 목축업이 축복받는 세상의 지표를 만들어냈다. 신에 대한 보편적인 사고. 그러나 '도'는 고원에서 방랑하는 고독한 자의 삶을 위한 교리로 남았다. 고독한 늑대의 신앙.

"『도덕경』을 더 읽어주세요!" 레오가 내게 말했다.

"*온 세상 모든 것은 '있음'에서 생겨났고, 있음은 '없음'에서 생겨났다.*"

어둠 속에서 마지막 역주를 하는 영양들. 그중에서 『도덕경』의 가르침을 반박하겠다고 우릴 찾아온 녀석은 한 마리도 없었다.

3

출현

야크가 군주라면, 눈표범은 여신이다. 뮈니에는 티베트 북동부 극단에 있는, 메콩강의 발원지 짜뒤로 가자고 했다. 그곳에 있는 산악지대가 바로 간신히 살아남은 표범들이 숨어 있는 곳이었다.

"무엇으로부터 살아남았다는 거지?" 내가 물었다.

"인간의 확산으로부터죠." 마리가 대답했다.

여기서 인간을 정의해본다면, 인간은 생명체의 역사에서 가장 번창한 생물이다. 그 어떤 종도 인간이라는 종을 위협할 수 없다. 인간 종족은 개척하고, 건설하고 퍼져나간다. 그리고 확장된 후에는 다시 쌓여서 덩어리를 이룬다. 그들의 도시는 하늘을 향해 올라간다. 19세기의 한 독일 시인은 "시인으로서 세상을 살아간다"라고 했다.[19] 그것은 아주 멋진 계획이고 순진한 소원이다. 하지만 인간에게 그것은 실현되지 않았다.

21세기의 인간은 공동소유자로서 세상을 살아간다. 그는 세상의 일부를 쟁취했고, 미래를 생각하며, 과잉인구를 흡수할 수 있는 새로운 행성을 곁눈질하는 중이다. 곧 '무한한 우주'는 인간의 배수구가 될 것이다. 아주아주 오래전에 창세기의 신(그분의 말씀은 그분이 침묵에 들어가기 전에 기록된 것이다)은 분명하게 보여주었다. "생육하고 번성하여 땅에 충만하라, 땅을 정복하라."(창1:28) 우린 그 프로그램이 완성되었다고 합리적으로 생각해볼 수 있다(성직자들의 감정을 상하지 않게 하면서). '인간에게 예속된' 지구. 그런데 이젠 인간을 낳은 자궁에 휴식시간을 줘야 할 때라는 점도 생각해야 한다. 인간은 80억이다. 그리고 표범은 몇천 마리밖엔 남지 않았다. 인간은 더는 공정한 게임을 벌일 수 없다.

19   "······언제나 시적으로/ 땅 위에서 인간은 그렇게 살아간다." 횔덜린Hölderlin,
『사랑스러운 푸르름으로En bleu adorable』 중에서 — 원주

동물들만 있었다

뮈니에와 레오는 지난해 강 오른편에 머무르면서, 불교 사원 가까이에 있는 맹수들을 관찰했다. 오직 메콩이라는 이름 하나가 그 여행의 이유를 정당화시켜주었다고 했다. 하기야 세상엔 울림을 주는 이름들이 있다, 그리고 우리는 자석에 이끌리듯 그 이름들을 향해 나아간다. 사마르칸트가 그렇고, 울란바토르가 그렇다. 또 다른 이름을 대보자면, 태양의 마을이라는 뜻을 지닌 발벡이라는 이름으로 충분할 것이다. 라스베이거스라는 이름만 들어도 전율을 하는 사람들도 있다!

"자넨 장소들 이름을 좋아하나?" 뮈니에에게 물었다.

"동물들의 이름을 더 좋아하지." 그가 대답했다.

"그럼 좋아하는 동물 이름은?"

"매. 내 토템이야. 자넨?"

"바이칼. 나의 성지야."

우리 넷은 지프에 올랐고, 그동안 지나왔던 드넓은 비탈면을 또다시 이틀 걸려 지나갔다. 낭테르 파리 10대학의 지형학 교수인 내 스승이 옆에 있었다면 '제4기 현세 충적층으로 된 비탈'이라고 콕 집어 말했을 것이다. 차가운 공기가 자동차 안까지 공격해 들어왔다. 지프가 지나가며 들어 올린 베일은 빙하에 실려 떠내려온, 수백만 년 동안 퇴적된 토사의 먼지였다. 지리학 분야에서는 아무도 청소를 하지 않는다.

우리는 광석 잿가루를 들이마셨고, 공중에선 규석 냄새가 났다. 마리는 가축 떼가 일으키는 먼지들 사이로 태양을 카메라에 담았다. 그러곤 허공을 응시하며 미소 지었다. 레오는 비탈을 지나오는 동안 여러 번 충격을 받아 닳아버린 기계들을 수리했다. 그 청년은 뭐든 정상으로 작동하는 시스템을 좋아했다. 옆에서 뮈니에가 동물들의 이름을 중얼거렸다.

짜둬로 가는 도로가 훼손되어서, 우린 걸어가기로 했다. 솟아오른 화강암들이 미약하나마 고원을 보호해주었다. 길은 지저분한 두 개의 빙설 사이에 끼인 작은 고갯길로 이어졌고, 우리는 고갯길을 지나가게 되어서 모두 기뻐했다. 구불거리는 그 길은 몇 시간 동안 계속되었다. 땅에서 차가운 물 냄새가 났다. 눈이 없어도, 먼지로 뒤덮여 하얀 나라. 나는 왜 음영이 없는, 마치 칼자루에 새겨진 부조 같은 풍경과 이런 혹심한 기후에 우정 비슷한 감정을 느꼈을까? 나는 파리 분지에서 태어났고, 부모님은 나를 해안 도시 르투케의 기후에 익숙해지게 하셨다. 난 피카디리 지방의 회색빛 하늘 아래 있는 아버지의 고향 마을에도 가보았다. 부모님은 내가 쿠르베의 작품들과 그의 그림 속에 등장하는 노르망디 지방과 티에라슈 지방의 부드러움을 사랑할 수 있게 해주셨다. 난 칭기즈칸보다는 부바르와 페퀴셰[20]에 더 가까운 사람이지만, 그러나 이 드넓은 비탈에서 더 편안함을 느낀다. 중앙아시아(투르키스탄, 아프간 쪽의 파미르 고원, 몽골 그리고 티베트)의 대평원에서 지낸 적도 몇 번 있었는데, 그런 지역에 들어설 때마다 왠지 우리 집 문을 열고 들어가는 느낌을 받곤 했었다. 바람이 불어오면 고국의 공기를 마시는 기분이었다. 여기엔 두 가지 설명이 가능하다. 우선 내가 전생에 몽골의 마부였을지도 모른다는 것이다. 심령연구적인 이런 가정은 어머니의 열정적인 아몬드형 눈매로 확인할 수 있다. 또 하나는, 이런 지리학 조건에 끌리는 것이 내 영혼의 상태를 반영하는 것일 수도 있다는 점이다. 약간 우울의 기질이 있는 내겐 확 트인 대초원이 필요하다. 아마

20   Bouvard et Pécuchet: 프랑스 작가 플로베르가 말년에 쓴 미완성 소설의 제목이자, 두 주인공의 이름이다. 작가는 두 인물의 희극적 여정을 통해 인간의 어리석음과 맹목, 과학·종교·지식 체계의 한계를 신랄하게 풍자했다.

도 '지리 심리학 이론' 같은 것을 세워야 할지도 모르겠다. 인간은 지리적 취향을 그의 기질과 일치시켜보는 경향이 있다. 경쾌한 정신을 가진 사람은 꽃이 만발한 잔디밭을 좋아할 것이고, 모험심이 강한 영혼은 대리석 절벽들을 좋아할 것이며, 쓸쓸하고 어두운 마음을 느끼는 사람은 브렌느 자연공원처럼 작은 초목들이 자라는 장소를 좋아할 것이다. 그리고 좀 거친 데가 있는 사람은 화강암질의 단단한 기반에 건축물이 많은 환경을 좋아할지도 모른다.

거얼무-라싸 사이의 간선도로를 만나기 거의 직전, 우리 눈앞에 늑대 한 마리가 나타났다. 녀석은 목을 앞으로 쑥 내민 채 비탈길을 따라 빠른 속도로 걷고 있다가, 속도를 늦추지 않고 우리 있는 곳으로 고개를 돌렸다. 우리가 자기 쪽으로 움직일 기미가 없다는 것을 확인하려고 그랬을 터이다. 그러고는 두 갈래 길에서 직각으로 방향을 꺾더니, 큰 산맥에서 갈라져 나온 북쪽의 작은 산맥을 향해 도로를 가로질렀다. 그리고 거의 같은 순간에 백여 마리의 야생당나귀 떼가 달려왔다. 그것은 광활한 무대 위에서 이뤄지는 한 편의 발레 공연이었다. 각자의 움직임은 전체적인 안무의 중심축을 따르고 있었다. 늑대는 빠르게 걷고, 야생당나귀들은 달렸다. 이들은 50미터쯤 떨어져서 풀을 뜯고 있던 티베트 영양 한 무리와 프로

카프라 속의 가젤 한 무리 곁을 지나쳐갔다. 각 무리는 서로를 살짝 건드리듯 스쳐 지나기만 했을 뿐, 다른 어떤 무리와도 섞이지 않았으며, 당나귀들은 아무도 방해하지 않고 달려갔다. 동물의 세계에선 이웃하여 살면서, 서로의 삶을 인정한다. 하지만 서로 친구가 되진 않는다. 이웃하며 지내되, 뒤섞이진 말기. 참으로 무리의 삶을 위한 좋은 해결책이다.

늑대는 가젤 무리의 뒤를 앞질러서 꽤 멀리 있는 비탈 쪽으로 멀어져갔다. 늑대는 쉬지 않고 단숨에 80킬로미터를 달릴 수 있는 동물이다. 그날 우리 앞에 나타난 녀석은 어디로 가야 하는지 잘 알고 있는 것 같았다. 당나귀들은 모두 늑대를 신경 쓰고 있었고, 몇몇 녀석은 아예 대놓고 목을 돌려 늑대를 감시했다. 그러나 어떤 녀석도 공포를 느끼는 것 같진 않았다. 숙명의 세상 속에서 서로 만날 수밖에 없는 먹이와 맹수는 상대에 대해 잘 알고 있었다. 초식동물들은 언젠가는 그들 중 하나가 죽게 된다는 사실을 잘 알고 있었고, 그것이 햇볕 아래 풀을 뜯기 위해선 반드시 치러야 하는 대가라는 점도 알고 있었다. 뮈니에가 해준 설명은 훨씬 더 구체적이었다.

"늑대들은 무리를 지어 전략적으로 사냥하지. 좌우와 배후에서 먹잇감을 쫓고, 앞에서 공격하는 방식으로 먹잇감을 지치게 만드는 거야. 하지만 혼자 있는 늑대는 무리 지어 있는 먹잇감을 해칠 수 없어."

우리는 메콩강 발원지 근처에 이르렀다. 이 고도에서 보는 강은 구불구불한 시내에 불과했다. 어느 날 아침, 우리는 이번에도 몽블랑산과 같은 높이에 있는 이 황색 계곡의 약간 경사진 드넓은 황야에서 늑대 세 마리를 만났다. 의식에 사용하는 깃발들이 주변에 뾰쪽뾰쪽 꽂혀 있는 어느 농가 근처에서였다. 늑대들은 가택에 침입하여 먹이를 훔쳐 나오는 길이었다. 유유히 농가를 나와서 다시 능선으로 올라가는 세 불한당 가운데 마지막 녀석의 아가리에 고기가 물려 있었다. 농가의 개들은 죽을 듯이 짖어대기만 할 뿐, 감히 달려들진 못했다. 개들도 사람 같았다. 왕왕대는 주둥이는 분노에 차 있었지만, 뱃속 깊은 곳엔 두려움이 있었던 것이다.

농가의 가족들은 문가에 서서 두 팔을 내려뜨린 채 그 장면을 바라보고 있는 수밖에 없었다. '어쩌겠나, 누구를 탓하겠어?'라고 말하는 듯했다. 세 마리 늑대는 마치 태양처럼 당당하고 자랑스럽게, 아무 죄도 없다는 듯이 태연한 자세로 달려갔다. 그러곤 능선 중턱에 이르러서는, 그중 가장 어린 녀석이 한 조각을 게걸스럽게 먹기 시작했다. 그동안 성년 늑대 두 마리는 앞다리에 긴장을 늦추지 않은 채 주변의 동정을 살피고 있었는데, 두드러진 갈비뼈가 보였다. 우리는 뒤편으로 몸을 숨긴 채 늑대들이 있는 곳으로 올라갔다. 그러나 막상 올라가 보니, 녀석들은 사라지고 없었다. 올빼미가 허공을 치며 날고, 여우 한 마리가 울부짖고, 가젤들이 비탈의 풀을 뜯고 있었을 뿐, 늑대의 자취는 어디서도 찾을 수 없었다.

"숨어버렸군. 하지만 멀리 가진 않았을 거야." 뮈니에가 속삭였다.

그 말은 야생동물을 정의하는 좋은 표현이었다. 보이지 않아도, 거기 있는 존재. 눈에 보이진 않아도, 새벽빛 속에서 개들이 짖는 소리를 뒤로한 채, 또 다른 약탈을 위해 총총히 사라지던 세 무법자의 모습은 우리 기억 속에 또렷이 남았다. 우리가 그 지점에 오르기 전, 늑대들은 약 15분 동안, 북쪽에 서부터 들려온 호출 소리에 노래로 화답했었다.

"놈들이 곧 무리와 만나게 될 거야. 녀석들에겐 정해진 약속 지점이 있거든. 난 늑대를 보면 마음이 흔들려." 뮈니에가 말했다.

"왜?"

"머나먼 원시시대의 울림이랄까…… 난 인구과잉인 프랑스에서 태어났어. 거긴 체력이 쉽게 소진되고, 공간이 한정된 곳이잖아. 프랑스에선 늑대가 암양을 죽이는 존재로만 기억되지. 목축업자들의 항의도 끊이질 않고. '늑대 No!'라고 쓴 팻말들을 흔들면서 말이야."

늑대들이여! 프랑스에 머물지 말라, 이 나라는 목축사업을 지나치게 애호하는 나라이므로! 밤 파티를 좋아하는 국민은 밤의 두목이 자유롭게 돌아다니는 걸 견딜 수 없는 법이다.

가축을 도둑맞은 농장 부부는 홧김에 개들에게 한 차례 발길질 세례를 퍼붓고 나서, 다시 농장으로 돌아갔다. 이 땅에서 가젤은 달려가고, 늑대는 배회하고, 야크는 되새김질하고, 독수리는 명상하며, 영양은 생기발랄하게 뛰어다니고, 그리고 우는토끼는 일광욕을 한다. 그러나 개는…… 모두를 위한 대가를 치른다.

비탈에서의 사랑

차를 타고 비포장도로를 달리다가 해발 5,000미터의 바위 투성이 고원을 구불거리며 흘러가는 작은 지류와 만났다. 작은 망루 같은 석회질 바위들이 계곡 가장자리에 비죽비죽 솟아 있었다. 방어벽 같은 암벽엔 동굴의 검은 구멍들이 점점이 찍혀 있고, 벽면에 세로선들이 검은 눈물 자국처럼 죽죽 그어져 있었다.

"여기가 표범들의 왕국이야." 뮈니에가 말했다.

뮈니에가 베이스캠프를 세우고 싶어 하는 양우리까지 가려면 100킬로미터쯤 더 가야 했다.

우리가 가는 길옆 봉우리 위에 마늘들고양이 한 마리가 나타났다. '오토콜로부스 마늘'이라는 학명을 가진 팔라스고양이다. 머리털이 텁수룩하고, 크고 날카로운 송곳니를 가졌다. 반짝이는 노란 눈이 악마의 눈처럼 빛나고 있어, 털에서 느껴지는 사랑스러운 인상을 완전히 바꿔놓았다. 이 작은 고양잇과 동물을 위협하는 포식자들은 무수히 많았다. 녀석은 그처럼 사랑스러운 몸에 어울리는 딱 그만큼 분량의 공격성만 부여한 진화를 원망하고 있는 듯했다. '날 만질 생각하지 마, 안 그러면 달려들어서 물어뜯을 거야.' 잔뜩 찌푸린 녀석의 얼굴이 그렇게 말하고 있었다. 마눌들고양이 녀석의 머리 위로, 능선 위에 티베트푸른양이 아름다운 뿔을 뽐내며 꼼짝 않고 그린 듯이 서 있었다. 높은 망루나 탑의 꼭대기에 얹어놓은 동물의 머리 조각상들이 도시를 통제하듯이, 동물들도 저 높은 곳에서 세상을 감시한다. 우린 그런 줄도 모르고 아무 생각 없이 그들의 발밑을 지나다닌다. 그날 우리 일행은 온종일 똑같은 체조 동작을 되풀이했다. 차를 타고 가다가 동물 한 마리를 발견하면, 후다닥 뛰어내려서 목표물에 카메라를 겨냥하고 기어가는 것이다. 그러나 목표물에 거의 다다랐다고 생각하는 순간, 동물은 이미 사라지고 난 후였다.

난 내가 내린 결론을 감히 레오에게 이야기할 순 없었다. 하지만 그건 누가 봐도 확실했다. 뮈니에와 마리가 서로 사랑하고 있다는 것. 늘 말이 없고, 흥분하는 일도 없는, 늘씬하게 큰 키에 조각처럼 생긴 남자. 뮈니에는 세상을 읽어내는 열쇠를 갖고 있었다. 그리고 호락호락하지 않으면서도 생각이 유연하기 이를 데 없는 그 젊은 여자의 신비로움을 존경했다. 눈부시도록 탄력적인 사고를 지녔고, 역시 말이 없는 마리는 모든 비밀을 알고 있으면서도, 정작 자신의 비밀은 감지하지 못하는 그에게 감탄했다. 뮈니에와 마리는 아름다운 고등동물들 가운데 있는 두 젊은 그리스 신들이었다. 나는 함께 있는 두 사람을 보는 것이 행복했다. 그들이 비록 영하 20도 날씨의 가시덤불 속에 누워 있는 상황이긴 하지만.

"사랑한다는 건 서로 나란히 누워서, 몇 시간씩 움직이지 않고 머물 수 있는 거야." 내가 말했다.

"우린 잠복하고 있는 거예요." 마리가 확고하게 말했다.

그날 아침, 마리는 팔라스고양이를 영상에 담았고, 뮈니에는 프레리도그의 어떤 종이 이 각축장에서 점차 사라져가고 있는지 규명하기 위해 습곡들을 샅샅이 탐색했다.

인간이 자연을 모욕하는 태도에 진저리를 치는 뮈니에지만, 그래도 그는 아직 인간에 대해 어느 정도 애정을 품고 있었다. 첫눈에 마음이 통한다고 확신이 드는 사람들을 위해 감정을 남겨둔 것이다. 나는 그가 이렇듯 목표한 대상에만 사랑을 적용하는 데에 감탄했다. 정직한 사용법.

뮈니에는 매우 인정이 많고 자비로운 사람이다. 그래도

휴머니스트를 자처하진 않았다. 그는 오히려 거울 속에 비치는 인간보다 쌍안경의 렌즈 안에 잡히는 동물을 더 좋아했으며, 절대로 인간을 생물 피라미드의 정점에 올려놓지 않았다. 그는 지구라는 집에 극히 최근에야 도착한 우리 종족이 마치 그 집의 주인처럼 행세하고 있으며, 자기 외의 것은 완전히 제거함으로써 자신의 영광을 확보하고 있다는 걸 정확히 알고 있었다.

　내 동료는 인간의 추상적인 사고에 사랑을 바치지 않고, 실제적인 신입회원들에게 사랑을 바쳤다. 바로 동물들과 마리였다. 살, 뼈, 털, 가죽…… 그에겐 감정 이전에 뭔가 손에 쥘 수 있는 것이 필요했다.

숲속에서의 사랑

　　나 역시 누군가를 사랑했었다. 사랑이 제 역할을 시작하자, 나머지는 모두 사라졌다. 랑드 지방의 숲속에 살던 창백하고 흰 얼굴의 여자였다. 우린 저녁마다 숲길을 산책했었다. 150년 전에 심었다는 소나무들이 늪지대를 점령하여 모래언덕 뒤에서 무성하게 자라, 쌉쌀하고도 따뜻한 향기를 발산했다. 삼라만상의 땀 냄새. 숲길들은 고무로 만든 긴 띠 같았고, 우리는 그 길을 경쾌하게 걸었다. "인생은 인디언의 걸음걸이로[21] 살아야 해요." 그녀는 그렇게 말하곤 했다. 숲길을 걷다가 새나 노루 같은 동물들을 종종 마주치곤 했다. 뱀은 우릴 보면

21　인디언 걸음걸이: 여우 걸음이라고도 하며, 무릎을 살짝 구부리고 허리를 똑바로 세워서 시야를 멀리 두고 걷는 걸음이다. 발바닥 앞쪽이 먼저 땅을 딛게 되기에 뒷발꿈치로 쿵쿵 걷는 일이 없다. 인디언들은 대지에 씨앗을 심듯이 발을 대지에 심으며 걸으라고 말한다.

먼저 달아났다. 고대 사람들(대리석 근육에 눈에 흰자위만 있는 석상으로 표현된 사람들)은 동물들이 갑자기 나타나면 신이 출현한 거로 생각했었다.

"오, 이 노루는 상처를 입어서 도망칠 수가 없어요. 녀석도 알고 있어요, 곧 죽을 거라는 걸 말이에요." 몇 달 동안 난 그녀가 그런 식으로 말하는 것을 여러 번 들었다. 그날 저녁, 방황하는 거미 한 마리("이건 리코스라고 하는 거미예요")가 고사리 줄기 뒤에서 미끈이하늘소를 잡아먹는 것을 보았다. "이제 거미가 미끈이하늘소에게 치사량의 독을 주입할 거예요. 그러고 나서 삼켜버리겠죠." 뮈니에처럼 그녀도 그런 것들을 잘 알고 있었다. 누가 그녀에게 그런 직감을 전해주었을까? 그것은 고대인들의 지식이었다. 자연의 지성은 어떤 이들에겐 공부하지 않았는데도 그런 것들을 알게 해준다. 그런 사람들은 견자見者, '보는 사람'들이다. 학자들이 건축물의 한 부분만 연구하고 있을 때, 견자들은 전체구조의 비밀을 꿰뚫는다.

그녀는 덤불 속에서 모든 것을 읽어냈다. 그래서 새들을 알았고, 곤충들을 이해했다. 잡초 사이에 길이 열리면, 이렇게 말했다. "이건 풀과 꽃들이 그들의 신인 태양에게 기도를 올리는 거예요." 그러면서 개울물에 쓸려가는 개미들을 구해냈고, 가시덤불에 얽혀버린 달팽이들을 구해주었으며, 날개가 부러진 새를 치료하여 살려주었다. 언젠가 풍뎅이 앞에선 이런 말을 한 적도 있다. "보세요, 아주 멋지죠? 풍뎅이는 한 가문을 상징하는 문장紋章의 한 조각이에요, 그러니 충분히 존중받을 만하죠." 또 언젠가는 파리의 생세브랭 교회 광장에 있을 때였는데, 그녀 머리 위에 참새 한 마리가 내려앉았다. 그때 난 생각했다. 새들이 와서 쉴 수 있을 만큼 고귀한 여자에게 과연 내가 어울리는 사람일까 하고. 그녀는 품위 있고 당당한 여제관이었고, 나는 가만히 그녀의 뒤를 따랐다.

우린 밤의 숲에서 살았다. 그녀는 랑드 지방에서 비포장도로 옆 10만 제곱미터 넓이의 땅에서 말들을 기르고 있었다. 비포장도로 위로 난 말발굽 자국은 그녀에게 은둔에 가까운 삶을 보장해주기에 최적일 듯했다. 그녀는 그 땅의 가장자리 뒤편에 소나무로 만든 통나무집을 개조했다. 그 사유지 안에는 늪이 하나 있었는데, 늪이 그 세계의 중심축이었다. 그곳에선 들오리들이 쉬며 놀았고, 말들이 와서 물을 마셨다. 늪 주변으로는 동물들의 발에 밟혀 다져진 모래밭을 뚫고 무성한 풀이 자라고 있었다. 통나무집 안은 아주 안락했다. 벽난로며, 책들이며, 사냥용 총인 레밍턴 700에다가, 커피를 만드는 데 쓰는 기구들과 그 커피를 밖에서 마실 때 필요한 차양과 소나무 향기가 배어 있는 마구 등등 필요한 건 모두 있었다. 이 왕국을 지키는 건 목양견인 보스롱 한 마리였다. 그 개는 마치 권총 베레타 92처럼 언제라도 튀어 나갈 듯이 긴장한 채 준비 자세를 취하고 있었지만, 예의 바른 사람에겐 제법 호의적이 었다. 그러나 누구든 귀찮은 사람이 오면 곧장 달려들어 목을 물었을 것이다. 다행히도 난 그런 위기를 모면했다.

때때로 우린 바닷가로 나가 모래언덕 위에 앉아 있곤 했다. 바다는 늘 맹렬한 위세를 떨쳤고, 파도는 지칠 줄 모르고 밀려왔다 밀려가곤 했다. "바다와 육지 사이엔 해묵은 갈등이 있을 게 분명해요." 그런 내 말에 그녀는 별로 귀를 기울이지 않았다. 나는 향긋한 회양목 향기가 스민 그녀의 머리카락 속에 코를 묻고서, 그녀가 마음껏 자신의 논리를 펼치도록 내버려 두었다. 그녀의 논리는 이랬다. 수백만 년 전, 지구에 인간이 나타났다. 숲들이 펼쳐지고, 동물들이 돌아다니는 이 지구, 말하자면 이미 식탁이 다 차려진 지구에 인간이 초대받지 않은 손님처럼 도착한 것이다. 그리고 인간이 시작한 신석기 혁명은 모든 혁명이 그렇듯이 공포정치의 서막을 알렸다. 인간은 모든 생물이 공존하던 세상에서 자신이 공산당정치국장임을 선언하고, 사다리 맨 꼭대기로 올라갔다. 그리고 자신의 지배를 합법화하기 위해 수많은 학설을 만들어냈는데, 그 학설들이 내놓은 입장은 모두 다 똑같았다. 인간의 입장. "인간은

신의 숙취 상태지!" 내가 그렇게 말했다. 그녀는 그런 식의 표현을 좋아하지 않았다. 내가 쓸데없이 요란한 말장난을 한다고 비난했다.

그녀는 자연에 대한 그런 개념들을 내게 가르쳐주었고, 난 그것을 티베트의 모래언덕에서 레오에게 말해주었다. 동물, 식물, 단세포 생물 그리고 신피질은 똑같은 시時에서 출발하여, 닮은 형태로 무한히 반복되는 프랙털 구조를 이룬다. 그녀는 내게 원시 액체에 대해 말해주었다. 45억 년 전에 그런 액체가 있었다. 물이 마구 휘저어지면서 만들어진, 모든 것의 기원이 되는 물질이다. 전체가 일부보다 먼저 있었다. 액체에서부터 뭔가가 나왔고, 거기서 분리가 생겼으며, 이어 하위 그룹으로 또다시 무수히 갈라지는 일이 있었고, 그 각각에 저마다 복잡한 과정들이 있었다. 그녀는 모든 동물을 거울의 파편 하나하나로 여기고 소중히 대했다. 그래서 여우의 이빨 하나, 왜가리의 깃털 하나, 갑오징어의 주둥이 같은 것도 함부로 버리지 않고 모아들였다. 그리고 자신의 파편이기도 한 그것들을 응시하며 중얼거리듯이 말했다. "우리 모두는 '같은 것'에서 생겨났어."

모래언덕에서 그녀는 무릎을 꿇으며 이렇게 말했었다.

"이 아이는 다시 자기 무리를 찾아갈 거예요. 아마 이 들꽃에서 나오는 즙에 이끌렸었나 봐요. 다른 친구들은 쉬운 길로 곧장 행진하는데 말이에요."

노란 단추 같은 들꽃으로 방향전환을 했다가 다시 본래의 행렬에 끼어든 개미 한 마리를 두고 한 말이다. 동물들의 사소한 움직임에 대한 그런 무한한 사랑은 대체 어디서 온 것일까? "곤충들의 움직임에는 잘해보려는 의지가 있고, 정확성이 있어요." 그녀가 말했다. "하지만 우리 인간들은 그런 일을 진지하게 여기지 않죠."

여름이면, 하늘이 아주 맑았다. 바람이 물결을 거칠게 만들고, 물이 소용돌이치는 곳에선 구름이 일었다. 공기는 더웠고, 바다는 미친 듯했으며, 모래는 부드러웠다. 해변에 인간의 몸들이 길게 누워 있었다. 프랑스 국민은 살이 쪘다. TV 스크린 탓일까? 60년대부터 사회는 거의 앉아서 지냈다. 인공지능 컴퓨터의 발달과 함께, 꼼짝 않고 앉아 있는 신체들 앞에 수많은 이미지가 끊임없이 열을 지어 행진하는 중이다.

하늘에 비행기 한 대가 지나갔다. 성인 만남 사이트를 광고하는 플래카드가 달려 있었다. "해변을 날며, 사이트에서 만난 남녀가 함께 누워 있는 모습을 내려다보는 비행기 조종사는 어떤 기분이 들까?" 내가 말했다.

그녀는 말없이 바다 갈매기들에게 시선을 고정했다. 햇빛으로 가득한 바닷가에서, 바다 갈매기들이 불룩한 배를 안고 바람 속을 날아다녔다.

우린 지름길을 택해서 통나무 집 쪽으로 걸었다. 그녀의 머리카락에선 이제 양초 냄새가 났다. 그녀는 나무들이 내는 바스락 소리에 수많은 의미가 들어 있으며, 나뭇잎들은 알파벳을 갖고 있다고 했다. "새들은 허영심 때문에 노래하지 않아요." 그리고 이렇게 말했다. "새들은 애국가나 세레나데를 부르죠. '이곳에서 난 평화로워. 난 당신을 사랑해' 하면서……." 통나무 집에 도착했다. 그녀는 모래 냄새와 안개 냄새가 나는 루아르 포도주 한 병을 땄다. 난 죽도록 마셨다. 붉은 독이 나의 정맥들을 부풀어 오르게 했다. 내 안에서 깊은 밤이 올라왔다. 올빼미 한 마리가 외쳤다. '난 그 밤이 어떤 건지 알아, 그건 이 동네의 밤이야. 밤의 정령은 죽은 나무들의 총사령관이지.' 그녀가 지닌 강박 중 하나는, 계속해서 생물들을 분류하는 것이다. 린네[22]의 구조적 시스템에 따른 분류가 아니라, 동식물들을 뒤섞어서 재배치하는, 횡적 질서에 따른 분류였다. 예를 들면 그녀는 탐식의 정령이 깃든 생물(상어와 육식식물),

---

22   Carl von Linné(1707~1778): 스웨덴의 자연주의자. 오늘날 사용하는 생물 분류법인 이명법의 기초를 마련한 생물학자이다.

긴장 완화의 정령이 지키는 생물(캥거루나 톡톡 튀는 거미), 장수의 정령이 함께하는 생물(거북이나 세쿼이아), 은폐의 정령이 돕는 생물(카멜레온이나 대벌레) 등으로 분류했다. 그래서 캥거루와 개미처럼, 혹은 거북이와 세쿼이아처럼 서로 같은 재능을 부여받은 생물들이 생물학적으로 똑같은 갈래에서 나왔는지 아닌지 따위는 문제가 되지 않았다. 그녀는 부엉이와 디스토마가 둘 다 똑같이 먹잇감에 대한 예리한 지식을 갖고 있고, 먹이 잡을 기회를 포착하는 뛰어난 기술을 갖고 있다는 점에서, 이들이 각자 속해 있는 계열의 다른 생물들과 닮았다기보다, 이 둘이 서로 훨씬 더 많이 닮았다고 결론을 내렸다. 이처럼 동식물의 세계는 그녀에게 그녀 자신만이 이해할 수 있는 전쟁과 사랑과 운동의 전략들을 펼쳐 보여주었다.

그녀가 일어나서 말들을 마구간으로 데리고 가는 모습은 라파엘 이전 학파들이 그린 한 폭의 그림 같았다. 한 여인이 느리지만 확고하고, 명확하고, 정확한 걸음으로 달빛 아래를 걸어가고, 고양이와 거위와 고삐 매지 않은 말들과 개 한 마리가 그 뒤를 따르는 모습을 보라! 무수한 별들 아래 아쉽게도 표범 한 마리가 빠지긴 했지만…… 이들 모두가 머리를 높이 들고, 바스락거리는 소리 하나 없이, 말소리도 없이, 서로 닿지 않게 정확한 거리를 두고서, 완벽하게 줄을 지어 걸어간다. 자신들이 가는 방향을 확신하면서 미끄러지듯 걷는 걸음. 질서를 지키는 무리. 동물들은 여주인의 아주 작고 가벼운 떨림에 언제라도 용수철처럼 튀어 올라 움직일 준비가 되어 있었다. 오, 그녀는 아시시의 성자 프란체스코의 누이인가! 만일 신을 믿었다면, 그녀는 청빈과 죽음의 명령을 기꺼이 받아들였을 것이고, 성직자들의 중개를 통하지 않고 곧바로 신에게로 나아가는 밤의 공동체, 신비스러운 코뮤니즘을 받아들였을 것이다. 게다가 동물들과 그녀의 교류는 일종의 기도였다.

그런 그녀를 나는 잃고 말았다. 그녀가 날 받아들이지 않은 것인데, 이는 내가 자연에 대한 사랑에 내 손발이 묶이는 걸 거부했기 때문이다. 내가 그녀의 뜻을 받아들였다면, 우린 한 영역에서만 살아야 했을 것이다. 깊은 숲속, 동물들을 응시하는 일밖엔 다른 할 일이 없는 오두막이나 폐허 같은 곳에서. 꿈은 사라졌고, 난 그녀가 밤의 숲속에서 동물들을 거느리고 올 때처럼 천천히 멀어져가는 것을 지켜봐야 했다. 나는 다시 내 길을 갔다. 수많은 여행을 하고, 비행기에서 내리자마자 다시 기차를 타기 위해 뛰어다니고, 여기저기 강연회장을 돌아다니고, (그리고 제 딴엔 확신에 차서) 인간은 움직임을 멈추는 게 유익하다고 외치며, 그렇게 내 길을 갔다. 온 세상을 돌아다니면서, 동물을 만나게 될 때마다 매번 눈앞에 어른거렸던 건 이제는 사라진 그녀의 얼굴이었다. 뮈니에가 모젤 강변에서 눈표범 이야기를 꺼냈을 때, 그 자신도 내게 눈표범을 찾으러 함께 가자는 말을 하게 될 줄 몰랐다고 했다.

그 여신 같은 눈표범을 만나게 되면, 틀림없이 표범 얼굴에 단 하나뿐인 내 사랑의 얼굴이 겹쳐질 것이다. 그리고 한 번, 두 번 눈표범을 볼 때마다 그녀에 대한 추억을 하나, 둘 떠올리게 될 것이다.

협곡의 표범

짜뒤를 지났다. 길은 해발 4,600미터에 있는 협곡을 가로지르며 이어졌다. 그리고 마침내 메콩강 왼쪽 강변에 있는 바포 양우리에 도착했다. 강독에서 500미터 정도 안쪽으로 들어가 있는 곳이었다. 나중에 우린 그곳을 '표범 협곡'이라고 이름 붙였다. 석회암 침식으로 생긴 협로의 입구를 지나니, 호숫가의 오두막들처럼 짚 섞은 점토로 지은 세 개의 막사가 있었다. 핑크빛 지의로 뒤덮여 솜털을 뒤집어쓴 듯한 능선들의 높이는 5,000미터를 넘었고, 그 능선 밑으로 가축 떼가 한가로이 풀을 뜯고 있는 드넓은 완만한 경사면들이 펼쳐졌다. 얼어붙은 가느다란 물줄기가 암벽들 사이를 지나 세 번의 굽이를 그리면서 강물 속으로 들어가고 있었다. 우린 20분을 걸어서 모래밭에 이르렀다. 그곳은 집에서 기르는 야크들이 어제보다 기름진 풀밭을 찾길 꿈꾸며 아침마다 향하는 곳이었다.

수도도, 전기도, 난방도 없었다. 바람이 연신 소 울음 같은 소리를 내며 휘몰아쳤고, 개들이 조심스럽게 보초를 서고 있었다. 비탈 밑으로 강과 평행선을 이루고 있는 비포장도로 덕분에 가끔 방문객들이 찾아든다고 농장주인이 말했다. 동쪽으로 500킬로미터나 떨어져 있는 짜둬 대신, 야크 사육자의 지프 차가 현대적인 산책을 기대하게 해주었다.

얼른 봄이 와서 바람이 다시 잔잔해지길 기다리는 유목민 가족은 이곳에서 영하 20도의 밤과 200마리의 야크를 지배하며 겨울을 지냈다. 절벽으로 이뤄진 이 세계는 표범에겐 낙원이었다. 바위틈에 있는 동굴들이 은신처를 제공하는 데다, 야크와 티베트푸른양이 먹잇감이 되어주기 때문이다. 유목민 가족은 전혀 겉치레가 없었다. 우리 네 명은 열흘 동안 그 집에서 머물기로 했다.

세 명의 아이들은 모두 비쩍 말라 있었다. 아이들 특유의 흥분된 기분이 그들을 그 끔찍한 기온으로부터 보호해주는 것 같았다. 여섯 살짜리 사내아이 곰파와 가늘고 긴 눈에 하얀 이를 가진 누나들 지소와 지아는 새벽이면 가축을 방목장으로 끌고 갔다가, 저녁에 집으로 데리고 오는 일을 맡고 있었다. 아이들은 광풍 속에서 산등성이를 헤집고 다니고, 덩치가 자기들보다 무려 여섯 배나 큰 짐승들을 끌고 다니며 온종일을 보냈다. 아이들은 10년 남짓한 생애 가운데 적어도 한 번은 표범을 봤다고 했다. 티베트어로는 눈표범을 '사아'라고 하는데, 세 아이는 그 단어를 내뱉을 때마다 무섭다는 듯 얼굴을 찡그리고, 송곳니를 표시하는지 윗입술에 검지 두 개를 갖다 대고는 마치 감탄사를 터뜨릴 때처럼 크게 발음하곤 했다. 페로의 동화를 들으면서 잠드는 아이들과는 전혀 다른 세계를 사는 아이들의 표현방식이다. 아이들의 아버지 말에 따르면, 이따금 메콩강 상류 골짜기에서 표범이 어린애를 잡아가는 일도 있다고 했다.

가장인 50세의 투제는 제일 작은 방 하나를 우리에게 내주었다. 그 방엔 호사스러운 삶의 조건들이 다 갖춰져 있었다. 우선 방문은 동물들이 어슬렁거리는 암벽을 향해 나 있었고, 그다음엔 우리를 받아준 개들이 있었으며, 끝으로 방 안에 난방을 책임지는 난로 하나가 있었다. 집 앞의 강은 하루에 한 번, 태양이 가장 열을 발하는 한낮에 한 시간가량 흐른다고 했다. 가끔 아이들이 우릴 보러 방에 들어왔다. 춥고, 고요하고, 고독한 시간들, 조금도 움직이지 않는 풍경, 돌같이 굳어버린 하늘, 광물의 세계, 끔찍한 날씨, 이 모든 것이 표범에게 안정감을 약속해주고 있었다. 우린 마침내 기회가 왔다는 걸 알았다.

우리의 시간은 행진이 강요된 시간과 활동이 정지된 시간 사이에서 균형을 이루었다.

우린 저녁마다 옆 막사에 있는 가족을 방문했다. 우리가 열고 들어가는 나무문 뒤엔 막연한 포근함 같은 분위기가 감돌고 있었다. 아이들의 어머니는 버터 넣은 차를 말없이 리듬에 맞추어 휘저은 다음 우리에게 건네주었다. 티베트에서 가족들이 모여 지내는 방의 따뜻함은 싸락눈이 내리는 날씨의 우울함을 충분히 보상해주었다. 고양이 한 마리가 약화된 표범 유전자를 핏속에 감춘 채 잠에 빠져 있었다. 따뜻한 곳에서 코를 고는 쪽을 택한 탓에 녀석은 이제 야크의 피맛을 보는 즐거움을 모두 잊어버렸다. 먼 친척뻘인 스라소니는 무감각 상태보다는 고통을 더 선호하기에, 여전히 밖에서 야생의 삶을 살고 있건만…… 방 한쪽에선 기름 등잔 불빛 아래 금빛 칠을 한 붓다가 영롱한 빛을 내고 있었다. 윙윙거리는 세찬 바람 소리는 말 한마디 없이 서로만 쳐다보고 있는 어색한 상황을 충분히 견뎌낼 수 있을 만큼 우리의 생각을 마비시켰다. 그 순간의 우리는 아무것도 욕망할 게 없었다. 붓다가 이겼다. 그의 허무주의가 우리에게 무감각을 주입한 것이다. 아이들 아버지가 묵주 알을 굴리며 예불을 드렸다. 시간이 지나갔다. 우리의 침묵은 그에 대한 존경심의 표시였다.

아침마다 우리는 협곡으로 갔다. 뮈니에는 좁은 길 위쪽의 바위 벤치나 능선에 자리를 잡았다. 때로 우린 두 편으로 나뉘어 잠복하기도 했다. 그럴 땐 뮈니에가 마리를 옆의 습곡으로 데리고 갔다. 멀리 보이는 메콩강이 마치 흰 머리털을 땋아놓은 것 같았다. '온스'라는 학명을 가진 눈표범! 우리가 이곳까지 온 이유였다. 우리는 이 협곡에 통치자로서의 충성을 서약한 그 여왕이 나타나기만을 기다렸다. 우린 그 여제가 모습을 드러내는 것을 보고 찬양하기 위해 온 자들이었다.

예술로 승화된 동물

전 세계에 남아 있는 표범은 대략 5,000마리다. 통계적으로 보면, 표범 모피 코트를 걸친 사람들의 숫자가 그보다 훨씬 많다. 눈표범은 아프간의 파미르 고원에서 동부 티베트까지, 또 알타이에서 히말라야까지 중앙 산악지대 안에 은신하고 있다. 분포 영역은 세계의 지붕에 도전했던 역사적 모험들의 지도와 상응한다. 몽골 제국의 확장, 미친 남작으로 불리는 운게른 슈테른베르크의 몽골 원정, 신장을 중심으로 한 네스토리우스파 수도승들의 경교(기독교) 전파, 주변국들을 연합하여 연방국으로 만들고자 했던 소비에트의 노력, 폴 페이요의 신장 위구르 고고학 답사…… 이런 움직임들이 표범의 서식지 영역을 덮었다. 사람들은 이곳에서 그들 자신이 매우 찬양할 만한 맹수인 것처럼 행세했다. 뮈니에는 4년 전부터 동양의 가장자리 지역인 이곳을 돌아다녔다. 유라시아의 4분의

1 정도 되는 이 공간에서 표범의 그림자라도 볼 기회는 극히 미미했다. 어째서 내 동료는 동물이 아니라, 인간을 사진에 담는 일을 업으로 삼지 않았을까? 15억 인구 대 5,000마리 표범의 비율이건만! 이 남자는 늘 어려움을 찾아다닌다.

독수리, 진혼곡을 부르는 보초병들. 독수리들이 교대로 하늘을 날았다. 태양이 떠올랐다. 해가 뜨면 능선들이 제일 먼저 빛을 받는다. 매 한 마리가 날아다니며 골짜기에 축복을 뿌려주었다. 썩은 고기를 먹는 파수대 새들에게 난 잠시 정신을 빼앗겼다. 맹금들은 지구상에서 일어나는 모든 현상을 감시하는 존재들이다. 동물의 죽음은 살아 있는 다른 동물들을 불러 모아서, 식량을 공급해주었다. 아래쪽에서는 협곡을 비스듬히 자른 듯한 가파른 비탈에서 야크들이 풀을 뜯고 있었다. 레오는 추위에 떨면서 조용히 풀밭에 누워 망원경으로 주변을 샅샅이 훑는 중이었다. 나는 레오에 비해 덜 치밀한 편이다. 인내심엔 한계가 있는 법인데, 내 한계는 골짜기에서 멈췄다. 나는 각 동물에게 왕국의 사회적 지위를 하나씩 정해주었다. 표범은 섭정자이다. 모습을 드러내지 않는다는 점이 그의 위상을 확인시켜준다. 섭정자이기에 자신을 드러낼 필요가 없는 것이다. 늑대는 반역을 일삼는 황태자이고, 야크는 아주 따뜻하게 잘 차려입은 부유한 부르주아, 스라소니는 근위병, 여우는 시골 귀족, 그리고 티베트푸른양과 야생당나귀는 서민들이다. 하늘과 죽음의 지배자로서 양면성을 지닌, 하늘을 나는 맹금들은 사제를 상징한다. 깃털 제복을 입은 이 성직자들은 인간이 뭔가 잘못되어가고 있다는 데에 이의를 제기하지 않는 듯했다.

동굴 구멍들이 뚫려 있는 망루 같은 바위들, 아치를 이룬 바위들, 그 사이로 구불거리는 협곡이 지나가고 있었다. 햇빛을 받아 풍경은 온통 은빛을 띠었다. 암벽투성이인 그곳엔 나무 한 그루, 풀밭 하나 없었다. 부드러움이란, 고도가 낮은 곳에서나 느낄 수 있는 것이다.

능선 위에서는 바람이 멈추는 법이 없다. 높은 암벽들은 구름을 마음대로 배치하고, 빛을 통제했다. 화려한 성 짓기를 병적으로 좋아했다는 바이에른의 루트비히 2세를 위해 중국인 판화가가 성의 배경을 그렸다면, 아마도 저런 풍경이지 않았을까…… 푸른양과 황금빛 여우들이 미끄러지듯 비탈을 내려와, 안개 속을 가로질러 가며 풍경화의 구성을 완성해주었다. 수백만 년 전, 지각변동과 생물들과 침식 현상이 힘을 합쳐 공들여 제작한 풍경화였다.

내겐 자연 풍경이 미술 교사였다. 형태의 아름다움을 평가할 수 있으려면, 눈의 교육이 필요하다. 지리 공부는 내게 충적토 골짜기들과 빙식곡들을 알아보는 열쇠를 건네주었고, 루브르 박물관은 플랑드르의 바로크 화풍과 이탈리아의 기교파 화풍 사이의 미묘한 차이를 가르쳐주었다. 나는 인간들의 작품이 입체감 넘치는 지형의 완벽함을 뛰어넘거나, 피렌체의 아가씨가 티베트푸른양의 우아함을 뛰어넘는다고 생각하지 않는다. 내가 보기에 뮈니에는 사진가라기보다 예술가에 훨씬 더 가깝다.

표범과 고양잇과 동물들에 대해 내가 알고 있는 건, 모두 예술가들의 작품을 통해서였다. 오, 위대한 작품들이여! 오, 빛나는 계절들이여! 로마제국 시대, 남쪽 국경선 지역(이집트)엔 동양 정신의 화신이랄 수 있는 표범이 궁전을 누비고 다녔었다. 클레오파트라와 그녀가 사랑했던 표범은 여왕의 지위를 함께 누렸다. 로마제국의 모자이크 화가들은 볼루빌리스, 팔미라, 알렉산드리아의 바닥에 동물들을 새겨놓았다. 그곳엔 표범들이 코끼리, 곰, 사자, 말들과 함께 둥글게 돌면서 춤을 추고 있었다. 고양잇과 동물들의 반점 무늬(1세기에 대 플리니우스는 '얼룩덜룩한 드레스'라고 말했다)는 힘과 관능의 상징이었다. 플리니우스는 '이 동물들이 사랑에 있어서 몹시 열정적'[23]이라는 것을 알고 있었다. 그 로마인은 그때 이미 표범이 여자 노예와 함께 뒹굴고 있는 그림의 카펫을 이야기한 적이 있다.

고양잇과 동물들은 1800년 이후엔 낭만파 화가들을 매료시켰다. 왕정복고 시대의 프랑스 국민은 1830년의 살롱들에서 야성을 발견했는데, 우선 들라크루아는 말의 목을 물어뜯고 있는 아틀라스의 맹수들을 그렸다. 근육질의 육체들이 있고, 연기가 피어오르는 난폭한 그림들로, 먼지가 휘날리는 듯한 느낌까지 나는 작품이다. 고전적 기준에 낭만주의가 따귀를 날린 것이다. 그러나 들라크루아는 살육을 벌이기 전에 힘을 빼고 휴식 중인 호랑이를 그리는 데도 성공했다. 어쨌거나 그의 그림은 난폭했고, 그것이 그 옛 시대의 처녀들을 변화시켰다.

장 바티스트 코로는 아기 바쿠스 신이 비율이 좀 이상한 표범 등에 올라탄 채 나체의 여인에게로 가고 있는 그림을 그렸다. 표범의 다리가 왠지 절룩거리는 것처럼 보이는 이 그림은 남성의 불안을 드러내준다. 양면성을 싫어하는 남자들은 야수가 가르랑거리면서 아기를 태운 채, 음탕해 보이는 풍만한 육체의 여인과 함께 장난치며 노는 장면 같은 건 좋아하지 않는다. 여자는 위험한 존재이기 때문이다. 우린 너무 경계할

23   대 플리니우스Pline l'Ancien, 『자연사 *Histoire naturelle*』, 8권―원주

줄을 모른다. 표범을 통해서, 화가는 요정처럼 아름다우나 치명적인 여자, 가죽 부츠를 신은 처녀의 이미지라고 할까, 아무튼 잔혹한 비너스를 겨냥했다! 알려진 사실이지만, 육식을 좋아하는 여자들은 남자들을 한입에 집어삼킨다. 그러니 그녀들의 미모를 경계해야 한다. 예를 들면 알렉상드르 뒤마의 밀레디가 그런 부류의 여자였다. 어느 날 시아주버니로부터 모욕을 당한 '밀레디는 나지막이 울부짖는 소리를 내뱉으며 방 한구석으로 물러났다. 벽에 등을 기대고 선 모습이 마치 암표범이 상대에게 달려들려고 뒷발로 서 있는 것처럼 보였다.'[24]

멜뤼진[25] 신화는 세기말의 계시를 주었다. 벨기에 화가로서 반은 몽환적이고, 반은 상징주의적인 그림을 그렸던 페르낭 크노프는 1896년 「애무」라는 그림에서, 한 남자와 뺨을 맞댄 채 황홀한 표정을 짓고 있는 표범 머리의 여자를 그렸다. 얼굴이 이미 창백해질 대로 창백해진 젊은 남자의 운명은 감히 상상해볼 수도 없을 정도다.

19세기 중반에 활약한 라파엘 전파의 화가들도 자신들의 붓 아래 그 맹수를 소환했다. 옷을 벗은 공주들이나 노곤해진

---

24   알렉상드르 뒤마Alexandre Dumas, 『삼총사Les Trois Mousquetaires』 — 원주

25   Mélusine: 프랑스의 요괴라 알려져 있으며 일종의 반인반수로 상반신은 여자, 하반신은 뱀의 모습을 하고 있고 등에 날개가 있다.

반신半神들이 애완동물처럼 되어버린 얼룩 반점의 맹수들을 옆에 데리고 달콤한 빛 속을 거닌다. 이 화가들은 반점 무늬의 아름다움만을 찬양했다. 그래서 20세기 삽화가인 에드먼드 뒬락이나 동물 그림을 많이 그렸던 브리튼 리비에르는 이 맹수를 그야말로 침대 발치에 두는 반려견 같은 존재로 격하시켰다.

그 후 누보아트의 거장들을 사로잡은 것은 이 맹수가 가진 힘이었다. 이 종의 완벽함은 잘 발달한 근육과 강철 같은 강함의 미학에 일치했다. 폴 주브는 활처럼 팽팽하게 긴장된 근육의 표범을 그렸다. 그래서 표범은 하나의 무기가 되었다. 자동차 경주를 유난히 좋아했던 작가 폴 모랑의 벤틀리, 재규어. 그건 눈곱만치의 동정심도, 마찰도 없는 완벽한 이동수단의 화신이었다. 그러나 재규어들과 달리 표범은 나무를 들이받아서 부서지는 일도 없었다.[26] 램브란트 부가티[27]라든지, 모

---

26 폴 모랑이 아들처럼 사랑했던 소설가 로제 니미에Roger Nimier가 젊은 나이에 재규어를 타고 가다 자동차 사고로 사망한 사건을 말한다.

27 Rembrandt Annibale Bugatti(1884~1916): 이탈리아의 동물조각가. 야생동물을 사랑했으며 특히 코끼리, 표범, 사자의 특징과 움직임을 연구하는 데 많은 시간을 보냈다. 최고급 자동차 브랜드인 부가티를 설립한 그의 형, 에토레 부가티는 동생이 자살로 생을 마감한 뒤, 부가티 타입 41에 동생이 만든 은빛 코끼리 마스코트를 부착했다.

리스 프로스트[28]가 지나치게 공들인 조각상들 덕분에 고양잇과 동물은 진화의 실험실에서 나와, 1930년에는 샴페인 잔을 들고 있는 갈색 피부 소녀[29]의 발아래 웅크리고 앉아 모델로서 포즈를 취할 만큼 인기 있는 동물이 되었다.

100년 후엔 '레오파드'라는 모티프가 핸드백과 팔라바 레플로 호텔의 벽지 위에 나타났다. 세대마다 각기 추구하는 우아함이 있고, 시대마다 할 수 있는 게 따로 있는 법이다. 우리 시대가 팬티 차림으로 일광욕을 즐기듯이.

뮈니에는 표범이 예술 속에 들어오는 것에 무심하지 않았다. 그 자신도 맹수들을 불러모았다. 지루하고 따분한 영혼들은 우리 친구가 오직 순수한 아름다움에만 경의를 표한다며 비난했다. 불안과 도덕의 시대에 그것은 범죄처럼 여겨졌다. '그래서 메시지가 뭐야?' 사람들은 그에게 그렇게 물었다. '극지방의 빙산이 녹는 문제는 어쩔 건데?' 뮈니에의 사진첩에서는 늑대들이 북극해 한가운데를 떠다니고, 일본 두루미들이 서로 어우러져 춤을 추고, 곰들은 흩날리는 눈송이처럼 안개

---

28   Maurice Prost(1894~1967): 프랑스의 동물조각가.

29   조제핀 베이커Jesephine Baker: 미국계 흑인 댄서, 가수로 19세에 파리로 와서 큰 인기와 명성을 얻었다. 치키타라는 이름의 치타를 키웠으며, 치타와 함께 찍은 사진이 많이 남아 있다.

뒤로 사라진다. 비닐봉지에 숨이 막힌 거북이조차 아름다움을 지닌 동물일 뿐이다. 그의 사진만 보고 있으면, 자칫 우리가 에덴에 있는 줄로 착각할 수도 있을 것이다. "사람들은 내가 동물의 세계에서 탐미적인 태도만 취한다고 비난하지. 하지만 환경파괴로 인한 재앙의 증거는 이미 충분히 보고 있잖아! 난 아름다움을 보여주고 싶어. 그게 내가 할 일이야."라고 그는 자신을 변호했다.

우린 아침마다 골짜기에 숨어서 그 아름다움이 샹젤리제 거리로 내려와주길 기다렸다.

최초의 출현

우리는 표범이 근처를 돌아다닌다는 것을 알았다. 이따금 나도 표범을 보았을 텐데, 내 눈에 그건 그저 바위이고, 구름이었을 뿐이다. 난 오직 표범을 기다리며 살았다. 피터 매티센은 1973년 네팔에 머무르는 동안 한 번도 표범을 보지 못했다. 표범을 만나본 적이 있느냐고 누가 물어보면, 이렇게 대답했다고 한다. "아뇨! 하지만 그래도 멋지잖아요?"[30] 표범을 찾으려 했던 그 과정이 멋지다는 이야기인 건 알겠는데, 그래도 친애하는 피터! 그건 '멋지지' 않습니다. 실망한 상황에서 기뻐한다는 걸 난 이해할 수 없다. 그건 그냥 자기 기분을 얼버무린 것뿐이다. 난 표범이 보고 싶었고, 표범을 보기 위해 여기 온 것이다. 표범의 출현은 나와 헤어진 그 여인에게 바치는

---

30   피터 매티센Peter Matthiessen, 『눈표범 Le léopard des neiges』— 원주

선물이 될 터이기 때문이다. 비록 내 공손한 태도, 다시 말해 위선적인 태도 덕분에, 뮈니에는 내가 오직 그의 사진 작업이 보고 싶어서 따라온 거라고 믿고 있지만, 그래도 나는 표범을 보길 갈망했다. 내겐 나름의 이유가 있었고, 그 이유는 지극히 내면적인 것이었다.

세 친구는 끊임없이 망원경으로 주변 장소들을 샅샅이 훑었다. 뮈니에는 암벽들을 1센티, 1센티 차례로 훑어보는 일만 하면서 온종일을 보낼 수 있는 사람이었다. "바위 위에 싼 오줌 흔적을 보는 것만으로도 난 충분해." 그는 그렇게 말하곤 했다. 우리가 표범을 만난 건, 그 골짜기에 온 둘째 날 저녁, 티베트인 집에 마련된 임시숙소로 돌아가던 중이었다. 하늘은 약하나마 아직 빛을 발산하고 있었다. 그때 뮈니에가 150미터 정도 떨어진 곳에 있는 녀석을 알아보았다! 그는 망원경을 내게 넘겨주면서, 자신이 겨냥했던 장소를 정확하게 가리켜 보였다. 그러나 난 표범을 찾는 데 한참 걸렸다. 말하자면, 내가 보고 있는 게 뭔지 이해하는 데 오랜 시간이 걸렸다. 마침내 알아보게 된 그 동물은 아주 단순하고, 살아 움직이는, 묵직한 어떤 것이었다. 그러나 내겐 완전히 생소한 형태이기도 했다. 내 의식은 이해되지 않는 것을 받아들이는 데 꽤 시간이 걸렸다. 육신의 눈은 정면의 이미지를 받아들였으나, 정신이 거기에 부합하지 못했던 것이다.

표범은 이미 어두워진 바위의 돌출부 밑, 덤불 속에 몸을 숨긴 채 누워 있었다. 골짜기에는 시내가 100미터쯤 더 밑으로 구불거리며 내려가고 있었다. 어쩌면 녀석을 보지 못한 채 슬쩍 비껴갈 수도 있었을 것이다. 표범의 출현은 경건한 마음을 불러일으켰다. 지금도 그 장면을 떠올리면 내 안에서 어떤 성스러운 감정이 올라온다.

녀석이 고개를 들고 공기의 냄새를 맡았다. 표범은 티베트의 풍경을 상징하는 문장 같은 것이다. 황금색과 청동색으로 모자이크된 털은 낮에도 속하고 밤에도 속하고, 하늘에도 속하고, 땅에도 속한다. 표범은 능선, 만년설, 협곡의 그림자, 하늘의 크리스털을 접수했고, 완만하게 경사진 들판에 내려앉은 가을과 정상을 덮고 있는 영원한 눈, 비탈에서 자라는 가시 덤불, 쑥 덤불, 폭풍우에 숨겨진 비밀과 은빛 구름, 금빛 초원, 크리스털 얼음 침대보, 가젤의 최후와 티베트산양의 피, 이 모든 것을 접수했다. 표범, 그들은 온 세상의 털 밑에 몸을 숨기고 살아왔다. 표범, 그들은 예술품의 표현들로 옷을 입었다. 눈의 정령인 눈표범, 그들은 지구라는 행성의 옷을 입었다.

난 녀석이 풍경으로 위장한 거라고 생각했다. 그랬다, 표범의 출현을 무효화시키는 것은 풍경이다. 줌으로 조절하는 시각적 효과에 따라, 내 눈이 녀석을 포착할 때마다 무대는 뒤로 물러났다가 다시 표범의 특징들 속으로 완전히 흡수되었다. 녀석은 이런 기반 암석들로부터 태어나 산이 되었고, 그 산에서 나왔다. 표범이 나타나자, 세상은 소멸되었다. 표범은 그리스어로 '피지스', 라틴어로 '나투라'라고 하는 자연, 말하자면, 하이데거가 '그 자신으로부터 나오고, 그렇게 나타나는 것'[31]이라고 종교적 정의를 내린 그 자연 자체가 되었다.

한마디로, 얼룩 반점을 가진 커다란 고양이가 무無에서 솟구쳐 나와 풍경을 점령해버린 것이다.

우린 한밤중까지 거기 그대로 있었다. 표범은 모든 위협에서 면제받은 존재답게 태연히 잠에 빠졌다. 반면 다른 동물들은 위험에 처한 불쌍한 피조물들이었다. 말은 뒷발질을 하고, 고양이는 아주 작은 소리에도 놀라 도망치고, 개는 미지의 냄새를 알아차리고 두려워서 껑충거리고, 곤충도 재빨리 은신처로 도망치며, 초식동물은 등 뒤에서 일어나는 움직임에 겁이 나서 당황한다. 그리고 사람은 방으로 들어가면서도 사방을 살펴보는 것을 잊지 않는다. 과대망상증은 삶의 한 조건이다. 하지만 표범은 자신의 절대성을 확신하고 있었다. 절대권

---

31   마르틴 하이데거Martin Heidegger, 『미술, 조각, 공간에 관한 고찰Remarques sur Art-Sculpture-Espace』— 원주

력자는 아무도 자기를 건드릴 수 없다는 걸 알기에 마음 놓고 쉬는 것이다.

나는 쌍안경으로 녀석이 늘어지게 기지개를 켜고 다시 눕는 것을 보았다. 그는 자신의 삶을 다스리고 있었다. 표범은 그 장소를 나타내주는 공식이고, 그 존재 자체가 '권력'을 의미했다. 세상이 그의 왕좌였기에, 그는 공간을 자신으로 가득 채웠다. 표범, 그는 '왕의 몸'이라는 신비한 개념의 화신이다. 진정한 군주는 존재 자체로 만족한다. 군주는 굳이 자기가 움직이지 않아도 되고, 모습을 나타내지 않아도 된다. 그의 존재는 그의 권력에 근거한다. 한 민주국의 원수인 그는 자신이 국가의 시스템을 움직이는 존재임을 끊임없이 드러내야 한다.

50미터 정도 떨어진 곳에서 야크들이 두려움도 없이 대담하게 풀을 뜯고 있었다. 그들이 평온할 수 있었던 것은, 바위 뒤에 포식자가 웅크리고 있다는 걸 몰랐기 때문이다. 어떤 동물도 죽음이 코앞에 다가왔다는 것을 심리적으로 견뎌낼 수 없으리라. 삶이란, 위험을 모르기 때문에 살아낼 수 있는 것이다. 그래서 모든 존재는 눈가리개를 하고 태어난다.

뮈니에가 성능이 가장 뛰어나다는 망원경을 내게 건넸다. 나는 추위 속에서 두 눈이 건조해질 때까지 표범을 샅샅이 살펴보았다. 얼굴의 모든 특징이 힘을 느끼게 하는 주둥이에 집

중되어 있었다. 어느 순간, 녀석이 고개를 돌려서 내게 정면을 보여주었다. 녀석의 두 눈이 내게 고정되었다. 경멸을 담고 있는, 활활 타오르는 불꽃 같으면서도 싸늘한 두 개의 크리스털. 녀석이 별안간 몸을 일으키더니, 우리 쪽으로 목을 뻗었다. "녀석이 우리를 봤어, 뭘 하려는 걸까? 여기까지 단숨에 날아오려는 걸까?"

그러나 표범은 입을 쩍 벌리고 크게 하품을 했다.

자, 이것이 인간이 티베트 표범에게 미친 효과이다.

녀석은 천천히 등을 돌리고, 기지개를 쭉 켜더니 느릿한 걸음으로 사라져버렸다.

난 뮈니에에게 망원경을 돌려주었다. 내가 죽음의 사선을 넘을 뻔했던 이후로, 내 삶에서 가장 아름다운 날이었다.

"표범을 눈으로 확인한 이상, 이제 이 골짜기는 더 이상 이전과 같은 골짜기가 될 수 없지." 뮈니에가 말했다.

그 역시 어떤 존재가 살고 있느냐에 따라 그 장소가 성스럽게 구별된다고 믿는 왕당파였다. 우린 한밤중에 밑으로 내려왔다. 난 그 장면을 기다렸고, 그리고 그 장면을 맞이했다. 이후로는 그 어느 것도, 표범이 이곳에 존재한다는 사실로 인해 풍요로워진 이 장소에 비견될 만한 것은 없으리라. 나의 내면에서도.

시공간 속에 녹아들다

그날 이후 우린 아침마다 티베트인들의 집으로부터 6킬로미터 이상 넘어가는 법 없이, 고지로 올라갔다. 표범이 그 범위 내에 있다는 것을 알았기에, 우린 녀석을 다시 볼 수 있었다. 그래서 온종일 사파리 사냥꾼들이나 다름없는 노력을 쏟으면서 능선들을 샅샅이 수색하고 다녔다. 걷고, 흔적을 발견하고, 잠복하고…… 때로 두 그룹으로 나뉘어 다니면서, 수색의 결과를 무전기로 주고받기도 했다. 아무리 작아도 움직임이 느껴지기만 하면 곧장 그곳으로 향했다. 새 한 마리만 날아도 그곳으로 관심을 기울일 충분한 이유가 되었다.

"작년에 표범을 찾으러 다니다가 낙심도 했었지." 뮈니에가 말했다. "한창 잠복하고 있는데 커다란 까마귀 한 마리가 능선에 뭔가 있다는 걸 경고해주었던 것 같아. 난 그것도 모르고 그 녀석만 관찰하고 있었는데, 갑자기 표범이 나타난 거야.

까마귀가 내게 신호를 보내줬던 거지."

"그런 동물의 머리에 총알을 쏘다니, 대체 얼마나 이상한 영혼을 가졌기에 그런 걸까요?" 마리가 말했다.

"'자연 사랑'이란 건 사냥꾼들이 그냥 하는 소리야." 뮈니에가 말했다.

"사냥꾼들을 한번 미술관에 들여보내봐." 내가 말했다. "아마 예술을 사랑한다면서 벨라스케스[32] 작품을 박박 찢어버릴걸. 자신을 사랑한다며 자기 입에 총알을 박아 넣는 자는 없으니, 그게 이상한 거지."

그날 우리는 마리와 뮈니에가 각기 필요로 하는 수백 가지 영상과 이미지, 우리가 직접 보았던 것, 기억나는 장면들을 모아보고 정보를 교환했다. 어떤 동물이든 먼저 본 사람이 다른 이들에게 신호해 알리기로 되어 있었다. 누구에게서든 신호를 보는 순간 우리 마음엔 평화가 찾아왔고, 동시에 강렬한 감동이 찌릿찌릿 우리를 자극했다. 흥분과 평온, 그 상반된 감정들…… 동물과의 만남은 젊음을 되살린다. 우리의 눈이 반짝이는 빛을 포착한다. 동물이 열쇠다, 그들이 우리에게 문을

---

32   Diego Rodríguez de Silva Velázquez(1599~1660): 스페인 바로크를 대표하는 17세기 유럽 회화의 중심적인 인물.

열어주는 것이다. 그리고 그 문 뒤엔 말로 표현할 수 없는 어떤 것이 있다.

잠복하고 망을 보는 시간은 여행자인 나의 리듬과는 정반대였다. 파리에서의 나는 무질서한 열정들을 수집했었다. 어느 시인이 '우리의 성급한 삶'이라고 표현했던 것처럼. 그런데 여기, 이 협곡에서는 아무런 수확도 보장받지 못한 채 끝없이, 쉬지 않고, 풍경 하나하나를 샅샅이 수색했다. 텅 빈 허공 앞에서 침묵을 지키며 오직 하나의 그림자만을 기다리는 것이다. 그것은 흔히 광고에서 하는 약속과 완전히 대치되는 것이었다. 결과에 대한 확신은 눈곱만치도 없이 무작정 추위를 견뎌냈으니 말이다. '분명 아무 수확도 없을 거야'라는 생각은 현대인의 발작 같은 '전부, 당장!'과 완전히 대립하는 것이다. 있을 법하지 않은 존재를 기다리면서 온종일을 보낸다는 건 얼마나 호사스러운 짓인가!

난 프랑스로 돌아가면, 계속해서 매복을 실제화하겠노라고 다짐했다. 그 훈련을 위해서 굳이 5,000미터 고도의 히말라야에 있을 필요는 없다. 어디서든 실천할 수 있는 이 훈련의 위대함은 자신에게 요구한 것을 항상 얻을 수 있다는 데 있다. 거실 창문에서, 레스토랑의 테라스에서, 숲속이나 물가에서, 혼자 혹은 누군가와 함께 벤치에 앉아서, 눈을 크게 뜨고 뭔가 나타나길 기다리는 것만으로 충분하다. 꽤 긴 시간 잠복 상태를 지속하지 못하면, 그 뭔가를 알아채지 못할 것이다. 설령 아무 일이 일어나지 않았다 해도, 그렇게 보낸 시간은 주변에 진지하게 주의를 기울여봤다는 그 자체만으로 한층 질 높은 시간이 되었을 것이다. 잠복이란 외과수술 방식으로 하는 것이다. 그것을 라이프스타일이 되게 해야 한다.

사라질 줄 안다는 것, 그건 기술에 속한다. 뮈니에는 지난 30년 동안, 자기 소멸과 그 나머지에 대한 망각, 이 두 가지를 배합하는 것으로 기술을 훈련해왔다. 여행자가 움직임을 통해 간절히 얻고자 하는 것, 곧 존재 이유를 그는 정지된 시간 속에서 얻고자 했다.

잠복 상태를 유지하고 있으면 공간은 더 이상 펼쳐지지 않는다. 대신 시간의 터치들이 아주 여리고 희미한 흔적에도 깊은 주의를 기울이게 한다. 마침내 동물 한 마리가 나타난다. 출현! 소망을 가져보는 게 좋다.

내 동료는 랩랜드의 사향소, 북극의 늑대, 엘즈미어의 곰, 일본의 두루미들이 오기를 한곳에 가만히 앉아서 줄곧 기다렸다. 밤낮 눈 속에서 한자리를 지키느라 발가락이 다 얼어버릴 정도였다. 저격수들이 따르는 지침에 충실한 것이다. 고통을 경멸할 것, 시간을 무시할 것, 피곤에 굴복하지 말 것, 절대로 결말을 의심하지 말 것, 그리고 열망하는 것을 얻기 전엔 절대로 포기하지 말 것. 1939년부터 1940년까지의 전쟁 중에, 핀란드 군대의 엘리트 저격수들은 수적으로 몹시 열세였음에도 불구하고, 키 큰 나무들이 자라는 카리알라 지역의 숲속에서 소비에트 군대를 궁지로 몰아넣어 꼼짝 못 하게 만들었었다. 추운 숲속에서 쓰던 사냥 기술들을 적용한 덕분이다. 소수의 핀란드 저격수들은 침엽수림 속에서 검지를 방아쇠에 올려놓고 매복 중이던 볼셰비키 군대 앞에서 갑자기 사라져서는 도무지 보이질 않았다. 영하 30도의 날씨였다. 사라진 저격수들은 눈에 띄지 않기 위해, 뿜어져 나오는 입김을 막으려고 눈을 씹어 먹기까지 했다. 그들은 이동하고, 매복하고, 총을 쏘고, 사라졌다가 다시 쏘기를 계속했다. 러시아 병사들은 저격수들이 계속 움직이는데도 그들이 어디 있는지 도무지 가늠조차 할 수 없었다. 모든 움직임이 너무나 은밀했기 때문이다. 정말 위험 그 자체였다. 저격수들은 숲을 온통 지옥으로 만들었다.

그중 가장 유명한 사람이 시모 하이하라는 병사였는데, 그는 150센티의 단신으로 꽁꽁 얼어붙은 숲속에서 무려 500명 이상의 공산주의자들을 죽였다. 훗날 '백색 죽음의 신'이라는 별명이 붙었을 정도다. 그런 그가 어느 날 소비에트 저격수에 의해 발견되는 바람에, 러시아의 모신나간트 M91/30 총알에 턱이 날아가버리고 말았다. 하지만 그는 상처를 입고 모습이 흉하게 일그러지긴 했어도 결국 살아남았다.

핀란드의 저격수들은 자신들이 경쾌하고, 고집 세고, 침착하다고 말한다. 그것은 냉정한 괴물들이 지니는 미덕이다. 핀란드어로 '시수sisu'라는 단어는 끈질김과 저항력, 두 가지 장점을 합쳐놓은 정신력을 뜻한다. 그 단어를 뭐라고 번역할 수 있을까? 희생? 몰아沒我? 정신적 내구성? 영웅적 행위를 보여준 사람들의 목록에서, 끝까지 흰고래를 쫓아갔던 에이햅 선장 이래로, 한 가지 대상을 집요하게 추구했던 인간의 모습이 그토록 구체화된 적이 없다. 그 핀란드 저격수 외엔……

뮈니에는 핀란드인 저격수처럼 모습을 드러내지 않고, 끈질기게 기다릴 줄 알았다. 말하자면 그는 '시수'의 태도로 살아왔다. 하지만 살상을 하지 않았고, 아무도 미워하지 않았으며, 아직은 어떤 사회주의자도 그에게 총을 쏜 적이 없다.

프랑스군의 낙하산 부대인 드래곤 13연대는 뛰어난 위장술을 이용하기로 유명하다. 적의 움직임을 살피기 위해 적군의 영토에 침투할 때면, 드래곤 부대의 낙하산병들은 목적지에서 며칠 지내는 동안 쓰레기 하나 배출하지 않고, 냄새 하나

풍기지 않으면서 그곳 배경 속에 완전히 녹아들었다. 군복 같은 점퍼를 입고, 카키색 누더기 천으로 카메라와 물품들을 둘둘 감고 있는 뮈니에도 소나무 사람, 바위 사람, 돌담 사람으로 위장한 드래곤 병사들을 닮았다고 할 수 있다. 눈에 띄는 차이점이라면, 티베트 표범과 북극 늑대는 터번을 쓴 호전적인 마호메트 병사들보다 훨씬 더 교묘하게 몸을 숨길 수 있는 감각적인 장비들을 갖추고 있다는 점이다.

뮈니에 옆에 누워서 '시수'를 훈련하던 나는 때때로 바보 같은 공상에 빠지곤 했다. 한번은 숲속 빈터에서 매복 중인 낙하산 드래곤 부대의 병사를 상상해본 적이 있다. 연인 한 쌍이 숲속으로 산책을 나왔다가, 마침내 한적한 장소를 찾고는 흥분해버렸다. 그러자 남자가 바위로 위장한 드래곤 병사 위에 여인을 눕혔다. 바위 사람인 병사에겐 얼마나 가혹한 운명인가! 국가의 비밀을 캐내기 위해 비탈에 숨어 있다가 마르셀린을 애무하는 모리스를 느닷없이 만나게 되다니! 뮈니에는 내 이야기에 아무런 반응을 보이지 않았다. 혹시 그가 그 현장의 증인이었던 건 아닐까 하는 의심이 들었다.

시간이 흘렀다. 그러나 마르셀린도 모리스도 찾아오지 않았고, 그는 여전히 혼자다. 수염수리 한 마리가 우리 머리 위를 빙빙 돌았다. 우리가 시체이길 바라는 양…… 늑대 한 마리가 주저하는 기색도 없이 우리 앞을 빠른 속도로 지나갔다. 까마귀 한 마리도 지나갔다. 이번엔 팔라스고양이 한 마리가 은신처에서 고개를 내밀었다. 매력적인 얼굴에 기분이 잔뜩 상한 표정으로. 녀석을 쓰다듬어주고 싶은 마음이 굴뚝같았으나, 그러면 녀석이 엄청 화를 낼 것 같았다. 우리는 그렇게 사흘 내내 골짜기들을 뒤지고 다녔다. 표범이라고 본 것이 바위일 수도 있고, 바위 하나하나가 다 표범일 수도 있었기에, 매우 세심한 눈길이 필요했다. 그러고 보니 여러 곳에서 녀석을 봤을 수도 있었겠다는 생각이 들었다. 풀숲의 얼룩점들 위에서, 바윗덩어리 뒤에서, 그늘 속에서…… 표범 생각이 온통 나를 사로잡았다. 그것은 아주 흔한 정신적 현상이다. 어떤 존재가 우리를 사로잡으면, 어디서나 그의 모습이 나타나지 않던가! 그래서 한 여자에게 푹 빠진 남자는 모든 다른 여자를 사랑하게 된다. 다양하게 드러난 여자들의 모습으로부터 사랑하는 여자에게서 봤던 똑같은 본질을 찾아 숭배하고 싶은 것이다. 바가지를 긁는 아내에게 이렇게 설명해보라. '여보, 각각의 여자에게서 내가 사랑한 건 다름 아닌 바로 당신이야!'

세상을 말하는 단어들

뮈니에는 바다가 아닌 대륙에서, 그리고 치열한 싸움이 아닌 평화적인 방식으로 '모비딕 신드롬'을 겪고 있었다. 고래 대신 표범을 찾고, 대상을 작살로 찌르는 대신 사진으로 찍고자 했지만, 그의 마음속에 타오르고 있는 불꽃은 허먼 멜빌의 주인공 가슴속의 그것만큼이나 강렬했다.

동료들이 매복 상태에서 망원경으로 세상을 자세히 관찰하고 있는 동안, 나 역시 매복을 하고 있었다. 동물이 아니라, 생각을 포착하기 위해. 아마 그게 더 고된 일일 것이다! 상황이 허락할 때면, 나는 격언처럼 멋을 부린 진부한 문장을 써 내려갔다. 기회가 쉽게 오진 않았다, 손가락 피부가 갈라져 피가 나곤 했기 때문이다. 나는 쥘 르나르의 『박물지』야말로 늘 노트를 갖고 다니는 인간이 자연에다 돌릴 수 있는 가장 멋진 헌정본이라고 생각한다. 쥘 르나르는 단 한 가지를 사용해서 세상의 예쁨을 축복했다. 나도 그 한 가지를 사용하는데, 바로 단어다. 사물을 통한 르나르의 교훈들은 생명체를 전혀 새로운 시각으로 그리고 있었고, 풀숲과 하늘과 연못에 사는 작은 주민들을 다시 태어나게 해주었다. 그는 거미를 이렇게 보았다. "거미는 달빛을 받으면서 밤새도록 자기 몸을 가둔다." 바퀴벌레를 만났을 땐 이렇게 말했다. "시커멓게 벽에 들러붙은 수많은 열쇠 구멍들." 또, 수풀에서 나온 도마뱀을 보고는 이렇게 읊었다. "금이 간 축대가 낳은 아들." 이런 식의 새로운 사고는 저자의 의식 속에서 이미 완성되어 튀어나오는 거라고 생각했다. 마치 카메라의 셔터만 누르면 저절로 사진이 나오는 것처럼.

쥘 르나르는 작은 숲이 있는 시골과 그곳의 동물들에 대한 이야기를 썼다. 그가 여기 있었다면, 뮈니에와 만년설과 늑대의 세계는 그에게 어떤 영감을 불러일으켰을까? 나는 내 나름의 '박물지'를 시도해봤다. 그리고 동료들에게 읽어주고, 거북한 미소나 아니면 친절한 동의를 얻어냈다.

가젤: 다급한 여자가 총알같이 내달린다.

야생당나귀: 그에겐 그 진가를 인정받지 못한 존엄함이 있다.

굽이치는 강: 티베트의 강들을 너무 바라본 나머지, 중국인

들은 국수를 발명해냈다.

*신*은 펜의 잉크를 닦기 위해 압지 대신 표범을 사용하셨다.

수리부엉이: 태양은 밤새도록 노래를 부른 녀석이 누군지
궁금해서 결국 일어나고 말았다.

"인간은요?" 마리가 물었다. "이야기할 가치도 없다는 건
가요?"

"인간?" 내가 말했다. "신은 주사위를 던졌고, 인간은 졌다."

포기 협정

하루가 막을 내렸다. 우린 잠복하고 있던 자리에서 일어 났다. 저만치 메콩강이 보였다. 추위로 얼어 죽어 떠오른 물고 기들이 강변으로 밀려 나와 있었다. 해가 지자, 강굽이들이 알 루미늄처럼 반짝거렸다. 능선을 덮으며 서서히 올라오던 어 둠이 산봉우리들을 하나씩 지워나갔다. 가장 높은 정상 몇 군 데만 아직 빛을 간직하고 있었다. 기온이 순식간에 뚝 떨어졌 다. 동물들이 죽음에 대한 두려움과 추위에 떨고 있을 생각을 하니, 안쓰러운 마음이 일었다. 이 암흑 속에서 동물들이 벌일 사투에 대해 생각하는 사람이 누가 있을까? 영하 35도 속에서 동물들은 모두 피난처로 돌아갔을까? 우린 그런 생각을 하면 서 다시 포근한 온기가 기다리는 곳을 향해 내려갔다.

"벽난로가 우릴 부르는군!" 내가 레오에게 외쳤다.

30분 후면 우린 따뜻한 찻잔을 두 손으로 감싸 쥐고 있을 것이다. 그러니 불평할 게 뭐가 있을까?

　　같은 시간, 집에서 기르는 야크 떼도 막사 안으로 돌아왔다. 농가의 가축들처럼 우리도 바람의 명령을 받고 있었다. 인간은 스스로를 높이 평가하고 있지만, 그럼에도 인간은 먹을 것 앞에서 무릎을 꿇는 존재다. 움직이지 않는 강을 향해 산비탈을 내려오면서, 나는 어머니의 장례식을 추억했다. 5월의 그날, 우린 모두 넋이 나가 있었다. 어머니는 죽음 앞에서 고생하지 않고 편하게 돌아가셨다. 그래서인지 항거할 수 없는 이 일에 대해 우리 중 누구도 마음의 준비를 미처 하지 못했었다. 교회의 성상벽 앞에 놓인 관 앞에서 그리스 정교 예식이 진행되는 동안, 우린 남은 인생을 더는 견딜 수 없을 거라고 생각했다. 어머니의 죽음이 결국 우리도 그 뒤를 따르게 할지 모른다는 생각까지 들었다. 하지만 바로 그날, 시간이 흘러가자 우린 갑자기 배가 고파졌다. 마침내 우리는, 그처럼 비탄에 빠져 있던, 어떤 위로도 다 소용없다고 생각했던 우리는, 마치 약속이나 한 듯 모두 그리스 레스토랑의 식탁에 둘러앉아서 구운 생선으로 배를 채우고, 그리스산 백포도주를 홀짝였다. 멍청한 위장의 요구는 그렇게 눈물의 요구보다 훨씬 강압적이었다. 그날 내가 보기에 식욕은 사람들의 고통을 위로할 수 있는 가장 위대한 성직자 같았다.

나는 표범을 찾고 있었다. 하지만 내가 정말 찾고 있던 건 누구였을까? 동물을 보기 위한 잠복의 위대함이 어디 있느냐고? 동물을 쫓고 있다지만, 실제로 당신을 찾아오는 건 당신의 어머니라는 것, 거기 그 위대함이 있다.

눈앞의 풍경이 부채 같았다. 뒷배경을 이루는 눈 덮인 산들 사이사이에 비탈들이 끼어 있고, 습곡들 위로 하얀 눈가루가 흩뿌려졌다. 신들이 헐렁하게 걸치고 있는 드레스 밑자락 같은 풍경. 그 풍경을 보며 뮈니에는 낭만적인 수식어 없이 툭 한마디 던졌다.

"눈은 매그넘 포토스[33]의 사진가처럼 모든 걸 흑백으로 보여주지."

열 마리의 푸른양들이 비탈길을 하얀 솜털로 덮었다. 양들은 서쪽의 급경사면 쪽으로 급히 달아나다가 낙반 사태를 일으켰다. 양들이 느낀 공포가 질서를 파괴한 것이다. 무엇이 그들을 그토록 놀라게 했을까? 표범? 우리가 밤에 묵는 캠프에서 떠들썩한 소리가 일었다. 망치질 소리, 발전기가 윙윙거리며 돌아가는 소리, 개 짖는 소리…… 소 울음소리가 온 골짜기를 휩쓸었다. 아이들은 야크들 뒤를 쫓아가며 그들을 울타

---

33 Magnum Photos: 세계적으로 유명한 보도사진가들로 구성된 자유 보도사진 작가 그룹.

리 안으로 몰고 갔다. 가축을 모는 모습이 마치 협곡 밑바닥으로 장난감을 굴러내리는 것 같았다. 겨우 1미터 남짓한 키의 꼬마들은 작은 새총 하나로 그 흐름을 이끌고 있었다. 커다란 덩치의 야크가 목을 조금만 움직여도 아이들의 배가 뿔에 받혀 찢어지겠지만, 거대한 초식동물들은 두 발 달린 작은 인간들의 인도를 군말 없이 받아들이기로 한 것 같았다. 거대한 덩치가 복종한 것이다. 그것은 십자가에 못 박힌 무정부주의자가 태어나기 1만5천 년 전 비옥한 초승달 지역에서 일어났던 일이다. 인간은 수많은 가축 떼를 모았다. 소들은 그들의 자유를 안전과 바꾸었고, 후손들은 그 협약을 기억하고 있었다. 이런 포기가 동물들은 울타리로, 인간들은 도시로 이끌었다. 나는 '인간-소' 종족이다. 무슨 말이냐고? 나는 아파트에서 산다. 정부는 내 행위와 몸짓을 좌지우지하고, 세세한 것들에 대한 내 자유를 간섭하며 주인 행세를 한다. 그리고 그 대가로 하수도 직결식 수세 장치와 중앙난방 장치(다른 말로 하면 먹이)를 내게 제공했다. 오늘 밤도 동물들은 평화롭게, 말하자면 감옥 안에서 되새김질을 하고 있다. 그동안 늑대들은 밤을 샅샅이 헤집고 다닐 터이고, 표범들은 어슬렁거리고, 야생양들은 암벽 옆에 바짝 붙어서 덜덜 떨고 있을 것이다. 자, 무엇을 선택할 것인가? 은하수 아래 여윈 모습으로 살 것인가, 아니면 동료들의 땀 냄새를 맡으며 따뜻하게 되새김질을 할 것인가?

우리는 막사에서 300미터쯤 위로 올라간 곳에 서 있었다. 절벽들이 메콩강 기슭으로 떨어지고 있었고, 벽난로의 연기가 공기를 푸르스름하게 만들고 있었다. 기온이 더 떨어졌다. 아무것도 움직이지 않고, 우주는 잠이 들었다. 우리는 구불구불한 협로들 사이를 지나 캠프로 향했다. 그때 표범이 으르렁거리는 소리가 들렸다. 달콤한 사랑 노래가 아니라, 찢어지는 듯한 고통의 소리였다. 메아리가 열 번이나 아주 멀리, 그리고 슬프게 울려 퍼졌다. 표범들이 반점 있는 종을 영존시키기 위해 서로를 부르는 것이다. 이 노래는 어디서 들려오는 것일까? 강기슭에서? 아니면 암벽의 동굴 속에서? 고통에 찬 울음소리가 골짜기를 가득 메웠다. 그것을 사랑의 노래로 듣기 위해선 상상의 노력이 필요했다. 표범들은 그렇게 울더니 가버렸다. "사랑하기 때문에 그를 떠나는 것입니다." 장 라신의 비극에서 베레니스가 그렇게 토로했었다. 과연 그녀는 표범들의 여왕이다. 난 이미 '거리에 비례한 사랑의 이론'을 세운 바 있다. 만남의 빈도수를 줄이는 것이 감정의 영속성을 보장해주는 법이다.

"오히려 그 반대야." 내가 그 이론을 설명하자, 뮈니에가 내 말을 정정해주었다. "표범들은 존재하기 위해 서로를 부르는 거야. 서로를 선택하고, 서로를 찾는 거지. 울부짖는 소리는 서로 생각이 일치했다는 거야."

골짜기의 아이들

저녁에 막사로 돌아올 때면, 곰파의 누나들이 우리 손을 잡고 벽난로로 데려다준다. 그 아이들은 수년 동안 어머니로부터 그런 행동을 배웠고, 훗날 자기 딸들에게도 전해줄 것이다. 우린 아이들이 아시아식으로 물을 나르는 것을 도와주었다. 기다란 대나무 양쪽 끝에 물동이가 한 개씩 걸려 있다. 물동이 두 개의 무게는 상한 내 어깨가 지탱하기엔 버거웠다. 그러나 몸무게가 30킬로인 지소는 강과 막사 사이의 200미터 되는 거리를 오가면서 한 번도 싫은 기색을 하지 않았다. 막내 곰파는 얼굴을 찡그리고, 허리를 구부정하게 한 채 다리를 절뚝거리는 내 흉내를 내곤 했다. 그러고 나서 우린 방의 따뜻한 온기 속에서 졸음과 씨름을 해야 했다. 부처가 미소를 짓고, 촛불들은 하얀 냄새를 풍겼다. 아이들 어머니가 차를 따르고, 모피를 입은 아버지는 낮잠을 자고 일어난 참이었다. 벽난로를 중심으로, 온 가족이 별자리처럼 둘러앉았다. 질서와 균형과 안전. 밖에서 음식을 입에 넣고 씹는 소리가 들려왔다. 짐승 노예들도 쉬고 있었다.

표범은 다시 나타나지 않았다. 우린 비탈마다 누비고 다녔고, 동굴들도 살펴보았다. 여우들도 지나가고, 산토끼들도 지나가고, 푸른양 무리도 지나갔으나 표범은 나타나지 않았다. 수염수리들이 실망한 내 머리 위에서 죽음의 원무를 그렸다.

논리적으로 해석해야 했다. 여기서, 진화는 다수가 영속하는 것을 기대하지 않았다. 열대지방의 생태계 안에서는 삶이 풍부하게 퍼져나간다. 모기떼, 우글거리는 절지동물들, 폭발적인 새들의 확산 등등. 그러나 그곳에서의 삶은 짧고, 순식간에 지나가며, 언제든 대체 가능하다. 정액의 다이너마이트! 자연은 식육의 혼돈 안에서 자신이 흩뿌린 것을 풍부하게 수선하고 회복시킨다. 반면 티베트에서 동물들이 장수하는 이유는 그들의 희소성에 대한 보상일지도 모른다. 동물들은 강인하고, 개별화되었으며, 장기간의 삶을 위해 프로그램화되었다. 견디고 버텨내는 삶. 초식동물들은 빈약한 풀을 뜯어 먹어야 하고, 독수리들은 텅 빈 공중을 날아야 하며, 포식자들은 성과 없이 돌아오는 경우가 허다했다. 하지만 그들은 좀 더 기다렸다가, 좀 더 멀리 가서, 초식동물들이 흩어져 달아나도록 다시 공격을 시도할 것이다. 몇 시간 동안 꼼짝 않고, 숨까지 참으면서 기다리기도 해야 할 것이다.

바람이 비탈 여기저기에 남아 있는 눈을 쓸어가버렸다. 우리는 잘 견디고 있었다. 망보기의 원칙은, 기다리던 동물이 나타나면 이 모든 시련에 대해 확실한 보상을 받게 되리라는 소망 속에서 당장의 불편함을 참아내는 데 있다. 표범이 이곳에 있고, 우리가 그 녀석을 보았으니, 표범 역시 우리를 보았을 것이다. 따라서 언제라도 불쑥 나타날 수 있다는 생각이 기다림을 충분히 참아내게 해주었다. 『잃어버린 시간을 찾아서』의 「스완 네 집 쪽으로」 편에서 오데트 드 크레시를 사랑한 스완이 생각났다. 스완은 오데트를 만나지 못할 때도 그녀가 자기 가까이 있을 수 있다는 단순한 확신으로부터 기쁨을 얻었다. 그 대목에 대한 기억이 어렴풋해서, 그 구절을 찾아 뮈니에한테 읽어주려면 파리로 돌아갈 때까지 기다리는 수밖에 없었다. 마르셀 프루스트는 우리가 하는 잠복의 본질을 완벽하게 이해했을 것이다. 하지만 영하 20도의 날씨 때문에, 허약 체질이었던 그는 안에 털을 댄 외투를 입고도 감기에 걸려 연신 기침을 해댔을 것이다. 오데트를 '하얀 표범'으로 대체해보는 걸로 충분하다. "거기서 오데트를 보기 전에도, 또 거기서 그녀를 보지 못하게 되더라도, 그는 그 땅에 발을 딛고 있다는 것만으로도 행복했을 것이다. 정확하게 어떤 장소, 어떤 시간에 그녀가 나타날지 몰라도, 그녀가 그 땅 어디서든 갑작스럽게 나타날 수 있다는 가능성에 가슴이 두근거렸을 것이다." 표범이 나타날 가능성이 그 산에 꿈틀거리고 있었다. 우리가 표범에게 요구한 건 단 하나뿐이었다. 모든 것을 충분히 견뎌낼 수 있도록 소망의 긴장감을 유지하게 해달라는 것.

그날 세 아이가 나를 만나러 왔다. 장난꾸러기인 막내 곰파가 앞장섰다. 아이들은 노래를 부르며 빙빙 돌고 뛰기도 하면서, 흐트러진 옷차림 가운데 머리카락을 바람에 휘날리며 곧장 내가 있는 곳으로 왔다. 내가 숨어 있는 그 바위를 정확하게 알고 온 것이다. 잘 숨어보려는 노력을 단번에 수포로 돌려버린 그 일은 내 위장술이 전혀 효과가 없었다는 걸 증명해주었다. 500미터나 떨어진 곳에 숨어 있는 나를 골짜기 바닥에서부터 알아보다니! 아이들이 내 옆에 자리를 잡았다. 생기로 가득 찬 이 매혹적인 아이들, 세상이라곤 이 골짜기밖에 모르고 삶이라곤 맑고 순수한 날들밖에 모르는 아이들, 맹수들과 야생동물들과 침착한 야크들과 가까이 지내는 아이들……여섯, 여덟, 열 살의 이 조무래기들은 이미 자유와 자율성과 책임감이 무엇인지 알고 있었다. 코에는 콧물을, 입꼬리엔 미소를 달고 있는 아이들은 때로는 엄마 대신 난롯불을 지켜야 한다는 것도 알고 있었고, 거인 같은 가축 떼를 책임질 줄도 알았다. 더욱이 표범을 무서워하면서도, 허리에 작은 단검을 갖고 다니면서, 자칫 공격을 당할 때는 자신을 방어해야 한다는 각오도 하고 있었다. 아이들은 차가운 공기 속에서 소리소리 지르며 노래 불러서 두려움을 쫓아냈다. 그리고 방향을 알려주는 조언자 없이도 얼마든지 산을 뛰어 올라갈 수 있었다. 또 매일 가축에게 풀을 뜯게 해줘야 한다는 약속을 지키기 위해 가축 떼를 인도하여 고갯길을 왕래했다. 이런 삶 속에서 아이들은 유럽 아이들이 당하는 치욕을 피할 수 있었다. 아이들에게서 쾌활함을 제거해버리는 '학교 교육'이라는 그것. 이곳 아이들의 세상은 각기 경계를 지니고 있었다. 밤은 추위를, 여름은 포근함을, 그리고 겨울은 고통을 가져다주었다. 이 아이들은 뾰족한 탑과 둥근 아치와 튼튼한 성벽으로 둘러싸인 왕국의 국민이었다. 이들은 한 번도 스크린이라는 것을 본 적이 없었다. 이 아이들이 받은 은총은 인터넷 같은 디지털 통신 기술의 부재에 비례하는 것일까? 강 오른편의 암벽 밑에 몸을 숨기고 있던 뮈니에와 마리, 레오도 나와 아이들이 있는 쪽으로 건너왔다. 그리고 우리는 표범을 만날 기회를 포기한 채, 어둠이 내려앉을 때까지 그 바위 위에서 이야기꽃을 피웠다.

뮈니에가 지난해에 찍었던 거라면서 아이들에게 사진 한
장을 보여주었다.

갈색의 매 한 마리가 지의로 덮인 바위 위에 앉아 있는 사
진이었다. 그런데 석회암 바위 뒤, 약간 왼쪽에 사진가를 바라
보고 있는 표범의 눈이 나타나 있었다. 누구라도 사진에 표범
이 있다는 설명을 미리 듣지 않으면, 절대 볼 수 없을 것이다.
표범의 머리가 바위의 한 부분처럼 보이는 까닭에, 그것을 구
별해내는 데 좀 시간이 걸렸다. 뮈니에는 새의 깃털에 초점을
맞추고 그 사진을 찍었다. 물론 표범이 자기를 바라보고 있을

거라곤 상상도 못 했었다. 그런 그가 사진 속의 표범을 알아본 것은 2개월 후에 그 사진을 다시 한번 자세히 들여다봤을 때였다. 확실한 자연주의자인 그도 바위인 줄로 착각했던 것이다. 뮈니에가 그 사진을 내밀었을 때, 난 새 외엔 아무것도 보이지 않았다. 내가 한참을 들여다보고 있으니, 참다못한 이 친구가 손가락으로 표범을 지적해줬다. 안 그랬으면, 내 시력만으론 절대 찾아내지 못했을 게 분명하다. 내 눈은 즉각적으로 보이는 것 외에 다른 것은 굳이 보려고 하지 않는 태도에 익숙해져 있었기 때문이다. 일단 사진 속에서 표범의 위치를 알고 나자, 그 사진을 볼 때마다 충격을 받았다. 전혀 예상할 수 없었던 것이 이젠 명백한 것이 돼버렸다. 이 사진에는 몇 가지 교훈이 숨겨져 있다. 우선 자연 속에서 우린 자신도 모르게 누군가의 시선을 받고 있다는 점이다. 다른 한편으로 우리의 시선은 늘 가장 단순한 것을 향하게 되어 있고, 또 우리가 이미 알고 있는 것을 확인하게 해준다. 성인보다 제약을 덜 받는 아이들은 사물의 뒷면과 접힌 주름 속에 감춰져 있는 것들도 포착해낸다.

우리의 어린 티베트 친구들은 속지 않았다. 아이들의 손가락은 사진을 보는 즉시 표범을 가리키며, "사아!" 하고 외쳤다. 산에서의 삶이 아이들의 시선을 놀랍게 갈고 닦아주었기 때문이 아니라, 본래 아이들의 눈은 정해진 것의 확실성에 끌려다니지 않기 때문이다. 아이들은 현실 세계의 외곽도로를 탐험할 줄 알았다.

그래서 난 예술적 시선을 이렇게 정의했다. '평범한 방패막이 뒤에 숨겨진 야수를 보는 것'이라고.

두 번째 출현

눈이 내린 어느 날 아침, 두 번째로 표범을 보았다. 우리는 석회암 능선 위에 있었다. 골짜기 남쪽 통로, 절벽에 뚫린 아치 위였다. 우린 새벽부터 그곳에 자리를 잡고 잠복에 들어갔다. 바람이 사정없이 뺨을 쳐댔다.

그런 중에도 뮈니에는 오로지 렌즈에만 시선을 고정한 채 철저한 스토아 철학자의 자세를 견지했다. 그의 내적 생명은 외부 세상으로부터 영양 공급을 받고 있었다. 그래서 한 마리 동물을 만날 수 있다는 가능성이 그 안에서 모든 고통을 마비시켰다. 전날, 그는 내게 지인들에 관한 이야기를 했었다. "그들은 날 완전히 노이로제 환자 취급하지. 아주 잔혹한 상황이 벌어지고 있는 동안에도 난 동고비가 날아가는 것만 지켜보고 있었거든." 난 그에게 노이로제 환자란 오히려 어떤 정보들로 인해 뇌가 고장 나서 기질적 변화를 일으키는 자를 말하는 거라고 대답했다. 난 내가 도시의 죄수가 되어, 끊임없이 뿜어져 나오는 신상품을 먹고 살면서, 점점 축소되어가는 인간임을 느꼈다. 장터 축제가 한창이고, 세탁기가 돌아가고, TV든 컴퓨터든 스마트폰이든 어디서든 스크린이 반짝거리는 사회. 그 안에 살면서 난 한 번도 질문해보지 않았다. 어쩌다 백조의 비상이 트럼프의 트윗보다 덜 흥미로워진 것일까?

나는 잠복하는 동안, 나 자신을 지탱하기 위해서 추억 속에 빠져들었다. 지난해 갔던 모잠비크의 운하 강가로 돌아가보기도 하고, 아브르 박물관의 그림을 떠올려보거나 사랑했던 사람의 얼굴을 그려보기도 했다. 그리고 이런 이미지들을 마음에 보존하려고 했다. 그러나 그 이미지들은 언제라도 꺼질 수 있는 빗속의 불꽃만큼이나 연약했다. 새벽어둠을 밝히는 랜턴에 시선을 고정한 채, 내 기억은 계속 떠다녔다. 온 정신을 집중시키는 반추는 아니었다. 그러는 사이 육체의 불편함에도 불구하고 시간은 결국 지나갔다. 조금 더 지나서 태양이 세상을 비추기 시작하자, 모든 환상도 녹아내리기 시작했다.

티베트푸른양들은 우리 눈높이에 있는 반대편 강변의 골짜기를 자기들 영토로 삼고 있는 듯했다. 태양이 서서히 능선 위로 올라왔다. 그러자 모든 짐승이 똑같은 동작으로 빛을 향해 몸을 돌렸다. 만일 태양이 신이라면, 그는 네온의 불빛 아래 모여 사느라 태양의 영광 따위엔 관심도 없는 인간들보다 이곳의 짐승들을 훨씬 더 열렬한 충복들로 여겨야 할 것이다.

능선 위로 표범이 나타났다. 표범은 곧 티베트푸른양들을 향해 내려가기 시작했다. 배가 땅에 닿을 듯이 몸을 바짝 낮춘 채, 보폭을 조절하며 내려가는 모습이 매혹적이었다. 모든 근육이 남김없이 다 사용되었고, 모든 움직임이 절제되고, 완벽하게 기계적이었다. 거대한 파괴력을 지닌 무기가 새벽의 고귀한 희생제물을 향해 절제된 걸음걸이로 나아가고 있었다. 바윗덩어리들 사이로 표범의 몸이 미끄러지듯 빠져나갔다. 푸른양들은 미처 표범을 보지 못했다. 표범은 사냥할 때 기습공격 기술을 사용했다. 그러나 무거운 몸집으로 날렵한 먹잇감을 따라잡기가 쉽지 않은 티베트 눈표범은(녀석은 아프리카 사바나의 치타가 아니다) 바람과 반대 방향에서, 배경을 이용한 위장술을 쓰면서 먹잇감을 향해 다가가다가, 몇 미터 앞에서 단숨에 뛰어오르는 작전을 썼다. 예측 불가능한 상황에서 갑자기 들이닥치는 이 작전을 군인들은 '전광석화 전법'이라고 부른다. 그 효과는 꽤 성공적이다. 숫자가 훨씬 많거나, 훨씬 힘이 센 적이라 해도, 기습을 당하면 방어력을 작동시킬 시간이 없기 때문이다. 놀라서 당황하는 순간에 적은 이미 패한 것이다.

그러나 그날 아침의 공격은 실패했다. 푸른양 한 마리가 표범의 접근을 간파했고, 놀란 녀석의 반응이 전체 무리에게 경고가 된 셈이었다. 그런데 놀랍게도, 양들은 도망하기는커녕 맹수를 향해 몸을 돌리고 정면으로 바라보았다. 상대의 기습작전이 들켰다는 걸 알려주려는 것이었다. 위협적인 존재를 피하지 않고 지켜보는 것이 오히려 무리를 보호해준다. 그날 푸른양들이 준 교훈은 이것이다. '최악의 적은 모습을 감춘 적이다!'

정체가 폭로된 표범에게 경기는 이미 끝났다. 표범은 푸른양들이 조용히 지켜보는 가운데, 아래 골짜기를 가로질러 갔다. 푸른양들은 표범이 지나가도록 수십 미터 정도 물러나주면서, 시선으로 끝까지 추적하는 것으로 만족했다. 만일 맹수가 한 번이라도 뒤로 몸을 돌리는 자세를 취했다면, 초식동물들은 순식간에 돌밭으로 뿔뿔이 흩어졌을 것이다.

그렇게 눈표범은 무리를 가르면서 바윗덩어리를 기어올라 능선에 이르렀다. 그러곤 다시 한번 우리에게 모습을 보이며 하늘을 가르더니 능선 뒤쪽으로 사라졌다. 그러자 우리 초소에서 1킬로미터 떨어진 북쪽 습곡에 있던 레오가 마치 범죄현장의 증인처럼 망원경으로 표범의 행동거지를 계속 지켜보고는 무전기로 그 장면을 짤막하게 속삭이며 알려주었다.

"녀석이 지금 능선 위에 있어요⋯⋯."

"지금 암벽을 타고 내려와요⋯⋯."

"골짜기를 가로지르고 있어요⋯⋯."

"누웠어요⋯⋯."

"자리를 뜨려는 건지 다시 일어났어요⋯⋯."

"건너편 강기슭으로 올라가요⋯⋯."

그날 우리는 온종일 레오가 읊조리는 시를 들으면서, 표범이 우리가 있는 비탈로 다시 돌아와주길 소망하며 기다렸다. 녀석은 천천히 움직였고, 녀석에겐 자기 앞의 생이 있었다. 우린 참을성 있게 기다렸다. 그리고 그 참을성을 녀석에게 바쳤다.

해가 떨어지기 전, 표범은 능선 암벽의 좁은 복도처럼 길게 돌출된 곳에 다시 모습을 드러냈다. 잠시 누웠다가 한껏 기지개를 켜더니, 다시 일어나서 어깨를 씰룩이며 걸어갔다. 녀석은 꼬리로 허공을 한번 치고는, 그 꼬리를 꼿꼿하게 세우고 끝을 살짝 구부려 물음표를 만들었다. '너희 공화국의 진보 앞에서 과연 내가 내 왕국을 보존할 수 있을까?' 그러고는 사라져버렸다.

"표범은 8년의 수명을 사는 동안 시간의 대부분을 자면서 보내." 뮈니에가 말했다. "기회가 나타나면 사냥을 해서 배불리 먹고, 남은 고기로 일주일을 지내지."

"그럼 그 나머지 시간은?"

"그냥 자는 거야. 하루에 20시간을 잘 때도 있어."

"표범도 꿈을 꿀까?"

"누가 알겠어."

"표범이 먼 곳을 쳐다보고 있을 때는 세상을 응시하는 걸까?"

"아마 그렇겠지." 그가 말했다.

나는 종종 프랑스 카시스에 있는 작은 만을 찾아가 거기서 갈매기들 함대를 관찰하며 '동물들도 풍경을 바라볼까?' 하는 생각을 하곤 했다. 예복을 아주 멋지게 차려입은 이 순백의 새들은 저물어가는 태양 위에서 출발 자세를 취했다. 그들이 더럽다고? 천만에! 갈매기는 얼룩 하나 없는 순백의 가슴과 은빛 날개를 지녔다. 이들은 수평선이 붉게 물들어가는 동안, 날개 한번 파닥이지도 않고 공기를 가르며 대기층을 빠르게 미끄러져 나갔다. 갈매기들은 사냥은 하지 않고, 생존의 메커니즘에만 굴복한다는 교리에 반박하며 공연에 나섰다. 아무리 이성적인 사람이라도, 이 동물의 '미적 감각'을 부인할 수

없을 것이다. 미적 감각을 '삶에서 느끼는 즐거운 신념'이라고
바꿔 말해도 좋을 것이다.

표범은 살육의 원정과 달콤한 낮잠 사이를 오가며 살아간
다. 일단 배가 부르고 나면, 표범은 편평한 석회암 위에 길게
몸을 누인다. 난 그 녀석이 자신을 위한 고기가 잔뜩 널려 있
는 평원을 꿈꾸고 있는 건 아닌지 궁금했다. 먹이를 얻기 위해
그토록 발에 땀 나도록 뛰어다닐 필요가 더 이상 없는 그런
평원을.

동물들의 몫

이처럼 8년의 수명 가운데 표범은 완전한 삶을 꾀한다. 육체는 환희를 위해, 꿈은 영광을 위해! 자크 샤르돈은 『창문 속의 하늘』에서 인간이 해야 할 의무들을 모아놓았는데, 그중 하나가 '불확실성 안에서도 위엄 있게 살기'이다.

"그거야말로 표범에 대한 정의지!" 내가 말했다.

"주의할 게 있어!" 뮈니에가 말했다. "사람들은 동물들이 태양을 즐기고, 흥건한 피와 엄청난 낮잠을 즐긴다고 생각할 거야. 또 동물들에게 인간이 공들여 만들어온 감정을 부여하기도 하지. 누구보다도 그런 사람이 바로 나였을 거야. 하지만 동물들에게 인간의 윤리라는 이상한 옷을 입혀선 안 돼."

"지나치게 인간적인 인간 윤리?" 내가 말했다.

"그런 게 동물들의 윤리가 될 순 없지." 그가 말했다.

"선과 악은?"

"그것도 동물들의 관심사가 아냐."

"살육 이후에 갖는 수치심 같은 건?"

"말도 안 돼요!" 책을 많이 읽은 레오가 말했다.

그가 아리스토텔레스의 섬광처럼 빛나는 말을 상기시켜 주었다. "동물들은 삶과 아름다움에서 저마다 자신의 몫을 해 내고 있다." 이 철학자는 그의 『동물론』에서 모든 야성적인 태 도를 그 한 문장으로 정의했다. 동물의 운명을 윤리적 고찰에 서 벗어나, 생명적 기능과 형식적 완벽함으로 제한한 것이다. 이 철학자의 직감은 완벽했고, 매우 깊은 성찰의 결과였으며, 고상하게 표현되었고, 아주 효과적이었다(하기야 그리스어니 까!). 동물들은 진화의 시행착오로 인해 세운 벽들을 넘어서지 않고, 각자의 자리를 갖고 있다. 균형의 힘이다. 질서와 아름 다움이라는 커다란 장치 안에서 각 요소를 구성하고 있는 것 이다. 동물은 왕관 안에 박아 넣은 보석이다. 그런데 그 보석 장식은 피로 씻겨야 한다. 이 방식에서 윤리는 초대받지 못하 고, 잡아먹는 것도 잔혹함으로 볼 수 없다. 윤리는 뭔가 자책 하는 경향을 가진 인간이 만들어낸 것이다. 생명은 미카도 게 임[34]을 닮았고, 인간은 그 미묘한 게임에서 난폭한 존재임이

---

34   대나무 막대기를 사용하는 테이블 게임으로, 다른 막대기를 건드리지 않도 록 조심하면서 막대기를 하나씩 빼가는 게임.

드러났다. 자기 종의 존속을 위해 꼭 필요한 게 아님에도 불구하고 굳이 폭력을 써서 쫓아냈을 뿐 아니라, 자신이 세운 합법적인 원칙조차 어기고 그렇게 했다!

아리스토텔레스는 '동물들은 죽음에서도 저마다 자신의 몫을 해내고 있다'라고 덧붙일 수도 있었을 것이다. 그로부터 23세기가 지난 후, 니체는 『인간적인 너무나 인간적인』에서 그 전제를 확증했다. "생명에 대해 말하자면, 적어도 윤리가 생명을 만들어낸 것은 아니다." 그렇다, 생명을 만들어낸 것은 생명 그 자체고, 생명은 번성할 것을 명령했다. 우리가 있던 골짜기의 동물들과 또 잘 알려진 세상의 동물들은 선악을 뛰어넘은 삶을 산다. 동물들은 오만이나 권력에 목마르지 않다.

그들의 폭력은 분노가 아니고, 그들의 사냥은 약탈이 아니다.

죽음은 그저 한 끼 식사일 뿐이다.

야크의 희생

"비포장도로에서 200미터 높이 정도 되는 곳에 동굴이 하나 있던데, 거기서 야영하도록 하지. 동쪽 비탈을 향하고 있어서, 전망대로는 안성맞춤일 거야."

오늘 아침, 뮈니에가 그렇게 우리를 깨웠다. 이곳에 도착한 지 일주일째 되는 날이었다. 우리가 거처하는 방도 꽁꽁 얼 정도의 날씨였다. 레오가 난로에 불을 붙이고, 우린 차를 준비했다. 그러고 나서 짐을 쌌다. 한 잔의 차는 우릴 깨워주고, 짐은 밤에 우리를 살아남게 해준다. 우리는 사진 찍는 데 필요한 물품들과 관찰에 필요한 망원경, 영하 30도에서 견딜 수 있게 해주는 침낭과 먹을 것 그리고 나의 교과서, 『도덕경』을 챙겼다.

"저 위에서 이틀 밤낮을 지내는 거야. 만일 표범이 밑으로 지나간다면, 그 동굴이 아주 완벽한 발코니가 되겠지."

우린 협곡과 직각으로 교차하는 골짜기를 통해 산으로 올

라갔다. 잿빛 대기 속에서 급경사면까지 이르는 데는 꽤 시간
이 걸렸다. 친구들 모두 고생이 이만저만이 아니었다. 레오는
35킬로의 짐을 지고 있는 데다, 짐가방 한쪽에 거대한 망원경
이 불쑥 나와 있었다. 그걸 보면서, 현실감각 없는 형이상학자
들도 노력할 수 있구나 하는 생각이 들었다. 마리는 자기보다
더 큰 짐가방 밑으로 사라져 아예 보이지 않았다. 이번에도 난
하인들 사이에서 내쫓긴 땅딸보처럼 아무것도 들지 않았다.
순전히 살인적인 고통을 안겨주는 내 척추 덕분이었다.

"저기 시커먼 덩어리가 있어요!" 마리가 말했다.

야크 한 마리가 죽어가고 있었다. 왼쪽 옆으로 누워서 숨
을 헐떡거리며 콧김을 뿜고 있었다. 녀석은 이 협곡 골짜기 밑
바닥에서 죽어갈 것이다. 빛나는 태양 아래서 유쾌하게 달리
는 삶은 이제 끝이었다. 표범의 송곳니가 목덜미를 꿰뚫었고,
하얀 눈 위로 붉은 피가 흘렀다. 짐승은 떨고 있었다.

표범들은 이렇게 사냥한다. 먹잇감의 어깨와 목 사이로
뛰어올라 물고 늘어지는 것이다. 그러면 공격을 받은 짐승은
포식자에게 목을 물린 채 비탈로 내달려 도망친다. 그 달리기
는 결국 사냥꾼과 먹잇감이라는 두 동물이 함께 추락하는 것
으로 끝이 나는 수도 있다. 두 짐승은 비탈을 내리구르다가 급
경사면에서 떨어져 바위에 부서진다. 이 게임에서 맹수들은

등뼈가 부러지기도 한다. 이런 충격에서 가까스로 살아남아 운 좋게 회복하더라도 일생 다리를 절게 될 수 있다. 스키타이 유목민들은 금 브로치에다 '초식동물의 목을 공격하는 표범'[35] 의 모티프를 자주 새겼다. 요동치는 근육, 얼룩덜룩한 털…… 그리고 먹고 먹히는 두 존재가 만났을 때 필연적으로 일어나는 공격과 도주의 댄스.

표범은 우리가 하는 이야기를 들었을 것이다. 아마도 자갈밭 속에 숨어서, 두 발 달린 짐승(모든 동물 가운데 가장 치욕적인 종족)들이 자기 먹이를 강탈해갈지도 모른다는 생각에 초조해하며 우리를 관찰했을 터이다. 하지만 그건 표범의 오해였다. 뮈니에의 의도는 육식동물의 식량을 약탈하는 것보다 훨씬 복잡한 것이었기 때문이다. 그러는 사이에 야크가 죽었다.

"이 사체를 동굴에서 잘 보이는 협곡 바닥으로 10미터 정도 옮겨놓자." 뮈니에가 말했다. "그러면 표범이 고기를 먹으러 올 때, 잘 관찰할 수 있을 거야!"

저녁이 되었을 때, 야크는 풀밭에 누워 있었고, 우린 암벽의 동굴 속에 자리를 잡고 잠복 태세에 들어가 있었다. "이건 완전 복층 아파트잖아!" 위아래로 비스듬하게 30미터 정도

---

35   레오폴드 세다르 생고르 시의 한 구절.

의 거리를 두고 동굴 두 개가 나 있는 것을 보고 레오가 말했
다. 마리와 뮈니에는 밑에 있는 동굴을 점령했고(황제의 스위
트룸), 레오와 나는 위에 있는 동굴(다락방)로 들어갔다. 그리
고 야크는 100미터쯤 아래 누워 있었다(지하저장실).

어둠의 공포

내가 야영을 하며 동굴 바닥에서 보낸 밤이 몇 번이나 될까? 프로방스, 알프마리팀, 일드 프랑스의 숲이며, 인도, 러시아, 티베트…… 무화과나무 향기가 나는 '방향성 식물'들이 자라는 동굴에서 잔 적도 있고, 앞으로 불쑥 나온 화강암 반석이나 화산 단층에 있는 동굴에서 잔 적도 있으며, 사암 암벽의 움푹 팬 구멍에 침낭을 깔았던 적도 있다. 어디서든 동굴 안으로 들어갈 때면 성스러운 순간을 경험하곤 했다. 그 장소를 내어준 누군가에 대한 무한한 감사랄까…… 그러니 그곳의 어떤 존재도 훼방해서는 안 된다. 그렇건만 나는 때때로 동굴 속의 박쥐들이나 왕지네들을 불안하게 만들곤 했다. 동굴 안에서 행하는 의례는 늘 똑같았다. 우선 바닥을 편평하게 만들 것, 바람을 피할 수 있는 한쪽 구석에 옷가지들을 정리할 것. 그런데 레오와 함께 들어간 동굴은 누군가 머물던 곳이었다.

바닥이 깨끗했고, 천장은 그을음으로 시커멨으며, 돌들로 원을 만들어놓은 흔적이, 아궁이 같은 게 있었음을 말해주었다. 사실 동굴은 초라한 초창기 시절 인류의 모태가 되었던 곳으로, 신석기 시대가 도약하여 그 피난처에서 나오라고 경종을 울리기 전까지 동굴 속 주인들을 지키고 보호해주었다. 인간은 동굴에서 나와 사방으로 흩어진 후 밭을 경작하고, 가축을 기르고, 유일신을 만들어냈으며, 지구에서 정기적 벌목을 시작하여 마침내 1만 년 후엔 거대한 문명의 결과인 병목현상과 비만증을 만들어내기에 이르렀다. 그렇다면 파스칼의『팡세』139번에 나오는 문장(인간이 불행을 느끼는 유일한 원인은 자기 방에 조용히 머물러 있을 줄 모른다는 데 있다)을 조금 바꿔서, 세상의 불행은 최초의 인간이 최초의 동굴에서 나왔을 때 시작되었다고 말할 수 있을지도 모른다.

동굴 안에 있으면, 오랜 역사를 지닌 '교리 전파'라는 마법의 메아리를 느끼곤 했다. 성당의 본당에 들어갈 때 했던 것과 똑같은 질문, 여기서 대체 무슨 일이 일어났었을까? 그 옛날엔 이 둥근 천장 밑에서 어떻게 서로 사랑을 나눴을까? 오래전 여기서 나눴던 대화들이 어쩌면 바위벽과 천장에 전부 흡수되어 있진 않을까? 저녁 예배에서 읊던 시편들이 시토 수도회의 석회암 속으로 녹아들었듯이 말이다.

프로방스에서 야영했을 때, 친구들이 나의 이런 생각들을 놀려대곤 했었다. 슬리핑 백 안에 들어가면서 녀석들이 킥킥거리며 말했다. "야, 너 그러다가 성적 방탕에 대한 이론을 만들어내겠구나! 좁고 긴 바위 속을 통과하는 침니 등반술 같은 것도 알고 보면 끈적거림에 대한 향수 때문이야! 너 정신분석 상담 좀 받아봐야겠다!" 친구들은 빈정거림으로 나의 성찰을 부숴버렸다!

나는 동굴을 좋아한다. 동굴은 지나가다 묵는 행인의 밤을 조금이라도 덜 고통스럽게 해주고자, 물과 화학적 제습 작용으로 벽에다 구멍을 뚫은 태곳적 건축술을 보여주기 때문이다.

레오와 난 동굴 입구에 있는 바위 위로 야생양의 뿔을 수평에 맞춰 얹어놓았다. 문을 보호해주는 죽음과 힘의 상징인 토템이다. 그러고 나서 레오는 카메라를 조정했다. 우리가 위치한 곳에선 골짜기 바닥에 있는 야크가 아주 잘 보였다. 기나긴 기다림의 시간이 시작되었다. 수염수리 한 마리가 골짜기의 두 기슭을 양쪽 날개로 스치기라도 할 듯이 날개를 활짝 펴고 골짜기 사이를 날고 있었다. 협곡에 어스름한 빛이 내려오자, 추위가 침묵을 더 무겁게 해주었다. 나는 예상되는 긴 시간 앞에서, 영하 30도라는 날씨로 인해 '내면의 삶의 부재'

라는 것이 무엇을 의미하는지 깨달았다. 동시에, 강요되는 침묵 앞에서 수다를 좋아하는 내 취향을 저주했다. 레오는 놀랍도록 조각상의 역할을 잘 해냈다. 그는 망원경을 눈에 갖다 대고는 주변 장소를 빗질하듯이 싹싹 훑으면서 거의 움직이지 않았다. 난 결국 동굴 안쪽으로 달아났다. 그리고 엄지장갑을 낀 채 '도'에 관한 내 책을 펴들었다. *아무것도 기다리지 말고 행동하라.* 나는 생각했다. '기다린다는 것이 이미 행동하는 것 아닐까?' 사실 잠복이란 것도 자유롭게 사고하고 소망하도록 길을 열어주는 셈이니, 행동의 한 형태가 아닌가? 여기서 말하는 '도의 길'은 기다림으로부터 아무것도 기대하지 말라고 권고하는 것이리라. 그 생각이 나를 동굴 속 먼지 구덩이에서 꼼짝 않고 지내는 걸 받아들일 수 있게 해주었다. '도'에는 이런 이점이 있다. 정신이 끊임없이 원운동을 하여 해발 4,000미터의 바위투성이 냉장고 안에서도 시간을 보낼 수 있게 해준다는 것. 그때 갑자기 한 그림자가 다가왔다. 동굴 안쪽으로 들어온 레오였다.

아주 멀리서 야크들이 비탈로 지나가고 있었다. 그 거대한 털뭉치들은 비탈을 달려가다가 굳어진 눈 위에서 미끄러져 몇 미터나 굴러떨어지는 일이 가끔 있다. 이 덩치 큰 수호자들은 한 시간 전에 친구 하나를 잃었다는 사실을 알고 있을까? 맹수에게 바쳐진 불쌍한 동료의 숫자를 세고 있는 걸까?

밤이 내려앉았다. 표범은 돌아오지 않았다. 우린 이마에 달고 있던 붉은 필터의 전등을 켰다. 프랑스 해군의 대형 선박에서 밤사이 당직을 설 때 사용하는, 적의 눈에 띄지 않는 전등이다. 그 전등을 켜고 있으니, 표범이 없는 이 어둠 속에 던져진, 침묵의 갤리언선 트랩 위에 있는 것 같아 기분이 꽤 좋았다.

아이들이 가축 떼를 몰고 집으로 돌아가고 있음을 알리는 소리가 동굴 위까지 올라왔다. 어둠이 완전히 세상을 덮었다. 커다란 수리부엉이 한 마리가 반대편 강가의 절벽 위에서 망을 보고 있었다. 부엉이 울음소리는 이제 곧 어둠 속의 사냥이 시작되리라는 걸 알려준다. 부엉이는 이렇게 말하고 있었다. '부엉! 부엉! 모두 잠자리로 돌아가, 덩치 큰 초식동물들아! 어서 숨어! 이제 맹금류들이 이륙을 시작할 테고, 집을 나선 늑대들도 동공을 확장하고 어둠 속을 배회할 거야. 조만간 표범도 나타나겠지. 그래서 너희 중 하나의 배 속에 주둥이를 묻고 파먹을 거야.'

산속의 새벽, 밤사이 행해진 요란한 피의 축제의 흔적이 하얀 눈 밑에 쉽게 감춰져버린다. 그래서 하늘은 그 흔적을 지우려고 달리 애쓸 필요가 없다.

저녁 8시에 마리와 뮈니에가 우리 동굴로 들어왔다. 레오가 작은 향로 위에다 수프를 만들었고, 우린 수프를 먹으면서 많은 이야기를 나눴다. 동굴 속의 삶이며, 불에 정복당한 두려움, 불꽃 속에서 태어났을 대화들, 꿈이 예술로 승화된 동굴 벽화, 개가 된 늑대, 그리고 선을 넘은 인간의 뻔뻔스러움 등등에 대해…… 끝으로 뮈니에가 세상에 대한 인간의 맹렬한 위세를 상기시키며 말했다. 인간은 신석기 시대의 겨울 동안 감내했던 그 끔찍한 고통을 잊을 수 없어서, 훗날 다른 동물계에 그 값을 혹독히 치르게 하고 있는 거라고. 그러고서 그는 다시 마리와 함께 아래층 동굴로 돌아갔다.

레오와 나는 솜털 침낭 속으로 미끄러져 들어갔다. 만일 밤에 표범이 오면 녀석은 추위에도 불구하고 우리 체취를 맡을 것이다. 여기서 절망적인 생각 하나를 받아들이지 않을 수 없었다. '지구는 인간의 냄새를 풍긴다.'[36]

"레오?" 내가 램프를 끄기 전에 말했다.

"네?"

"뮈니에는 아내에게 모피 외투를 사주는 대신, 직접 동물에게 데리고 가서 진짜 동물의 털을 보여주려고 할 거야. 안 그래?"

---

36   일리프Ylipe, 『말 없는 텍스트*Textes sans paroles*』 ― 원주

세 번째 출현

동굴 안으로 새벽빛이 들어왔다. 우리는 침낭 밖으로 기어 나왔다. 간밤에 눈이 내렸다. 털 위에 하얀 눈가루가 덮인 표범이 피로 붉어진 주둥이를 하고서 죽은 야크 옆에 있었다. 새벽이 되기 전에 골짜기 밑으로 돌아와, 이제 무거운 배를 깔고 잠이 든 참이었다. 녀석의 털은 약간 푸른 기가 도는 진줏빛이었다. 그래서 사람들은 녀석을 눈표범이라고 불렀다. 녀석은 눈처럼 소리 없이 와서, 아무 소리도 내지 않고 사뿐사뿐 되돌아가 바위 속으로 사라져버린다. 표범의 어깨가 찢어진 게 보였다. 어쩔 수 없는 왕의 몫일 터이다. 선홍색 얼룩이 야크의 검은 옷에서 두드러졌다. 표범은 우리를 알아봤다. 옆으로 몸을 돌리더니 고개를 들었고, 우리 눈과 마주쳤다. 냉혹하면서도 타오르는 듯한 눈빛이었다. 녀석의 두 눈은 이렇게 말하고 있었다. '너희와 우린 서로 사랑할 수 없어, 우리에게 너희는 아무것도 아니야. 너희 종은 최근에야 나타났지만, 우리 종의 기원은 태곳적이란 말이야. 너희 종은 시詩의 균형을 깨면서 번식하고 있다는 걸 알아야 해.' 피로 붉게 물든 표범의 얼굴, 그건 암흑과 새벽을 교대로 오가는 원시 세계의 영혼이었다. 표범은 불안해 보이지 않았다. 아마도 먹이를 너무 빨리 먹어치운 듯했다. 그러고 나서 머리를 앞발 위에 얹고는 짧게 잠이 들었다. 그러더니 잠시 깨어나서 공기의 냄새를 맡았다. 갑자기 내가 아주 좋아하는 피에르 드리외 라로셸의 『숨겨진 이야기』에 나오는 한 문장이 떠오르면서, 망치로 두들겨 맞은 듯 정신이 들었다. 표범이 워낙 가까이 있어서 소리를 내면 안 되겠기에, 나는 라디오 무전기를 통해 뮈니에에게 그 문장을 조용히 낭송해주었다. 본래는 "……내 안에 내가 아닌 어떤 것, 나보다 훨씬 소중한 어떤 것이 있음을 알았다"라는 문장인데, 난 이렇게 바꾸어서 전했다. "나의 밖에 내가 아닌 어떤 것, 인간이 아니라 그보다 훨씬 소중한, 인류 외의 보물인 어떤 것이 있다."

표범은 아침 10시까지 그곳에 있었다. 수염수리 두 마리가 소식을 듣고 왔고, 커다란 까마귀 한 마리도 날아와 하늘에 커다란 그림을 그렸다. 뾰족뾰족하지 않고, 거의 수평을 이루는 편평한 뇌전도 그림.

난 이곳에 눈표범을 보기 위해 왔다. 그런데 그 눈표범이 저기, 나와 불과 수십 미터쯤 떨어진 곳에서 낮잠을 자고 있다. 숲속의 여인, 그러니까 2014년 지붕에서 떨어져 허리를 다치기 전의 나, 지금과 사뭇 달랐던 그 시절의 내가 그토록 사랑했던 여인이 저 표범을 보았더라면, 그녀는 내가 미처 보지 못한 상세한 부분들까지 알아봤을 것이다. 그리고 표범이 무슨 생각을 하고 있는지도 설명해주었을 것이다. 난 그녀를 위해, 내 모든 힘을 다 동원해서 표범을 상세히 살펴보고자 애썼다. 이 상황을 즐기기 위해 내가 온 힘을 다해 주의를 기울인 그 강도 높은 집중력은 사실 이곳에 없는 사람들을 향한 일종의 기도였다. 그들도 지금 여기, 이 순간을 갈망했을 것이다. 우리가 지금 표범을 바라보고 있는 건, 그들을 위해서였다. 저 짐승, 덧없는 공상 같았던 저 짐승은 사라진 존재들의 토템이었다. 성을 잘 냈던 나의 어머니, 그리고 숲속 길의 그 여인. 표범은 내 눈앞에 나타날 때마다, 그들을 함께 데리고 왔다.

표범이 천천히 몸을 일으켰다. 그러곤 바위 뒤로 사라졌다가 다시 비탈면에 나타났다. 덤불 사이에 있는 표범의 털이 덤불과 뒤섞여 점점이 다양한(포이킬로_{poikilo}) 무늬를 만들었다. 고대 그리스어인 포이킬로는 맹수의 얼룩무늬 피부를 가리킨다. 그 단어는 또한 사고의 영롱한 광채, 번뜩임을 묘사하기도 한다. 표범이 이교도의 사고처럼 다이달로스의 미궁을 돌아다닌다. 식별하기 쉽지 않도록, 녀석은 세상의 파장에 맞추어 고동친다. 그 아름다움이 추위 속에서 진동한다. 죽은 것들 가운데서 생명력으로 팽팽하고, 평화로우면서도 위험하고, 여성형 명사로 지칭되면서도 지극히 남성적이며, 수준 높은 시詩처럼 모호하고, 예측 불가에다 안일함을 모르고, 얼룩덜룩하고, 일렁이는 무늬를 지닌 짐승. 그것이 다양한, 불규칙한, 변화무쌍한 표범이다.

영롱함이 사라졌다. 눈표범이 증발해버린 것이다. 무전기가 지지직 소리를 냈다.

"보여?" 뮈니에가 말했다.

"아뇨, 사라졌어요." 레오가 말했다.

현실 수긍

잠복의 하루가 다시 시작되었다. 레바논 남쪽, 시돈 구의 중심에 성모 마리아에게 봉헌된 성당이 하나 있다. 성당의 이름은 노트르담 드 라탕트, '기다림의 노트르담'[37]이다. 나는 우리 동굴을 '기다림의 성당'이라고 이름 붙였다. 레오는 그곳의 참사원이다. 그는 망원경으로 밤늦게까지 산을 구석구석 탐색하는 일에 열중했다. 뮈니에와 마리도 아래층 둥지 안에서 그렇게 하고 있을 게 분명했다. 별다른 할 일이 없는 한. 레오는 이따금 네 발로 동굴 안쪽으로 기어 와서 차 한 모금을 마셨고, 곧 다시 제자리로 돌아가 망보는 일을 계속했다. 뮈니에가 무전기로 말을 걸어왔다. 그는 맹수가 협곡을 건너서, 반대편 비탈의 바위 테라스로 갔을 거로 생각했다. "맞은편 바위들 사

---

37   노트르담Notre-Dame: 성모 마리아를 뜻한다.

이에서 눈으로 먹잇감을 찾으며 쉬고 있을 거야. 우리랑 같은 높이에서."

동굴에서의 시간은 우리가 세상에 빚을 갚는 시간이었다. 나는 골짜기와 하늘 사이의 곤돌라 안에 머물면서, 산을 살펴보았다. 다리를 꼬고 앉아서, 내가 내뿜는 입김 뒤로 펼쳐지는 풍경을 바라보는 것이다. 이번 여행에서 '다양성과 예측 불가능의 변화로 가득한'[38] 놀랄 거리를 많이 만나길 바랐던 나는 바위 구멍 안에 앉아, 얼어붙은 비탈을 감상하는 것으로 만족하기로 했다. 어쩌면 난 이미 중국의 '무위無爲 사상'으로 돌아선 게 아닐까? 하기야 이 철학을 받아들이는 데는 영하 30도의 날씨보다 더 효과적인 것은 없었다. 추운 동굴 속의 나는 아무것도 바라지 않았고, 아무 행위도 하지 않았다. 조금만 움직여도 등에서 냉기가 느껴졌고, 그 냉기 안에서는 어떤 계획도 세울 마음이 들지 않았다. 오, 물론 표범이 눈앞에 불쑥 나타난다면, 말할 수 없이 만족하고 기쁠 것이다. 하지만 주변에선 아무런 움직임도 보이지 않았다. 그런데 깨어 있으나 모든 활동이 정지된 이런 상태에서 난 어떤 분한 마음도 느껴지지 않았다. 잠복은 아시아의 훈련방식이다. 정신통일을 위한 하

---

38   제라르 드 네르발Gérard de Nerval, 『오렐리아Aurélia』 — 원주

나의 형태인 이런 기다림 안에 '도'가 있다. 여기엔 또 힌두교 경전인 『바가바드기타』가 말하는 무욕無慾의 가르침도 포함되어 있다. '도'에 의하면 표범이 나타났다고 해도 기분에 아무런 변화가 없어야 한다. 크리슈나(힌두교의 신)는 '실패했을 때도 성공했을 때도 똑같은 마음을 유지하라'고 노래하며 우리를 달래준다.

그리고 마음을 넓게 여는 이 시간이 여러 가지 생각들을 섞어 반죽할 수 있게 해주었기에, 뮈니에가 그 비밀을 가르쳐준 잠복의 기술은 내 삶에서 간질 발작과도 같았던 시절에 대한 치유제가 되었다. 2019년, 사이보그 시대가 열리기 직전의 시대. 그 시대를 살고 있는 전前 사이보그 인류는 더 이상 현실을 수긍하지 않고, 현실에 만족하지도 않고, 현실과 타협하려고도 하지 않으며, 현실과 조화를 이루는 법도 모른다. 여기, '기다림의 노트르담'에서, 나는 이미 제자리에 있는 것을 계속 지키고 보존할 것을 세상에 요구한다.

21세기 초 우리 80억의 인류는 열심히 자연을 인간에게 복종시키고 있는 중이다. 흙을 닦아내고, 물을 산성화시키고, 공기를 질식시키고…… 영국 동물학협회의 한 보고서에 따르면, 지난 50년 동안 사라진 야생동물의 비율은 무려 60퍼센트에 이른다. 세계는 뒷걸음질 치고 있고, 생명은 뭉텅 잘려나갔으며, 신들은 숨어버렸다. 그리고 인간 종족은 잘 살고 있다. 인간은 지옥의 조건들을 구축하고, 인구 100억 라인을 넘어설 준비를 하고 있다. 가장 낙천적인 자들은 지구가 140억의 인구로 가득 차게 될 가능성을 축하한다. 생명을 종의 번식이라는 목적을 위해 생물학적 필요를 만족시키는 것으로 한정한다면, 그런 가망성은 고무적이다. 우린 벌레를 먹으며 와이파이에 접속된 사각형의 콘크리트 안에서 짝짓기를 할 수 있을 테니 말이다. 하지만 지구에 체류하고 있는 인류에게 미적 차원에서 인간이 감당해야 할 몫을 요구한다면, 그리고 삶이 마법의 정원에서 개최된 파티 같은 것이라면, 동물의 멸종은 잔혹한 소식일 수밖에 없다. 최악의 소식이다. 그런데 그 소식을 우리는 너무 무덤덤하게 받아들였다. 철도원은 철도원끼리 서로를 보호한다. 마찬가지로 인간은 인간에게 마음을 쓴다. 휴머니즘은 이렇듯 지극히 평범하고 당연한 노조 활동이다.

세상의 파손은 더 나은 미래에 대한 열광적인 소망을 수반한다. 현실이 파괴되면 될수록 메시아사상의 주술은 더 울려 퍼진다. '생명체의 파괴'와 '과거의 망각과 미래를 위한 청원이라는 이중의 움직임' 사이에는 비례관계가 있다.

'내일은 오늘보다 더 낫게!'라는 현대의 가증스러운 구호. 정치가들은 개혁을 약속하고(그들은 '변화'를 짖어댄다!), 종교인들은 영원한 삶을 기대한다. 그리고 실리콘 밸리의 연구원들은 과학과 기술의 힘을 빌려서 정신적, 육체적으로 월등하게 개선된, 한마디로 강화된 인간을 예고한다. 그러니 참고 기다려야 한다, 내일은 노래를 부를 테니까. 하지만 그건 늘 똑같은 식상한 후렴 아니던가! '이 세상은 망가졌으니, 우리가 살 수 있는 탈출구를 마련하자!' 그래서 과학자, 정치가, 종교인들은 소망의 쪽문으로 급히 달려간다. 이와 반대로 우리에게 전해진 것을 보존하려는 사람들은 그리 많지 않다.

여기에 세상의 정책에 반대를 주장하는 한 사람이 일어나 혁명을 부르짖었고, 그를 따르는 무리가 곡괭이를 들고 몰려들었다. 그런데 이와는 또 다른 반응들도 있다. 한편에선 예언자가 내세를 앞세우며 나타나자, 그를 따르며 그의 약속 앞에 꿇어 엎드리는 신자들이 생겼다는 것이고, 다른 한편에선 닥터 스트레인지 2.0이 포스트휴먼의 변화라는 야심을 드러내자, 과학기술 패티시에 열광하는 고객들이 모여들고 있다는 것이다. 이런 사람들은 위험한 삶을 살고 있다. 그들은 자신들에게 주어진 환경을 견디지 못하고, 이생 너머에 더 행복한 삶이 있다고 기대하지만, 그 행복이 어떤 형태인지는 알지 못한다. 어쨌거나 우리가 이미 누리고 있는 것을 찬양하기란, 삶의 터전을 다른 위성으로 옮길 공상을 하는 것보다 더 어려운 일이다.

위의 세 가지 소망(혁명적인 믿음, 메시아에 대한 소망, 과학
기술적인 진보)은 구원의 담론 뒤 현재에 대한 심각한 무관심
을 감추고 있다. 최악은 바로 그것이다! 무관심은 우리가 인
간으로서 마땅히 해야 할 위엄 있는 처신을 하지 못하게 한다.
반면에 '지금 당장 여기서!'라는 구호는 아직까진 튼튼한 것들
을 조심하여 관리하는 일을 효율적으로 하게 해준다.

우리의 무관심이 판치는 동안 빙산은 녹고, 플라스틱은
온 세상을 덮고 있으며, 동물은 멸종하고 있다.

"우리와 다른 세상에 대해서 상상적인 이야기를 꾸며내는
것은 아무 의미가 없다."[39] 나는 니체가 쏘아 올린 불꽃을 내
작은 수첩의 첫머리 부분에 기록했다. 우리 동굴의 입구에도
그 말을 새겨 넣을 수 있을 것이다. 골짜기들을 위한 좌우명.

동굴 안에도, 도시에도 우리 같은 사람은 많았다. 더욱 강
화된 세상이 아니라, 올바른 분배로 찬양받을 수 있는 그런 세
상을 원하는 사람들. 산, 빛으로 가득한 하늘, 쫓고 쫓기는 구
름들 그리고 능선 위의 야크 한 마리. 모든 게 제자리에 배치
되어 있고, 그것으로 충분하다. 게다가 보이지 않는 것이 언제

---

39   니체Nietzsche, 『우상의 황혼Crépuscule des Idoles』─원주

라도 튀어나올 가능성도 있다. 나타나지 않는 것은 제대로 숨는 법을 알고 있다.

그것이 바로 이교도들이 동의한 고대의 노래이다.

"레오! 내가 '사도신경'을 요약해줄게." 내가 말했다.

"말씀하세요." 그가 예의 바르게 말했다.

"우리 앞에 있는 것을 숭배하라. 아무것도 기다리지 마라. 많이 기억하라. 소망을 경계하라, 그것은 폐허 위에 피어오르는 연기 같은 것이다. 주어진 것들을 누려라. 상징들을 찾고, 신앙보다 훨씬 견고한 시詩를 믿어라. 세상에 만족하라. 세상이 존속할 수 있도록 투쟁하라."

레오가 망원경으로 산을 뒤졌다. 그는 너무 집중하고 있어서 내 말을 귀담아듣고 있지 않았지만, 덕분에 내가 논리를 계속 펼 수 있는 이점도 있었다.

"항상 소망을 품어야 한다고 말하는 사람들은 우리가 이런 논리에 동의하는 것을 '포기'라고 부르지만, 그들은 틀렸어. 그건 사랑이야."

마지막 출현

　우리의 감탄과 표범의 무심함이 정면으로 대결했다. 뮈니에가 보는 눈은 정확했다. 표범이 맞은편 비탈에 나타났다. 우리로부터 300미터 정도 떨어진 곳, 우리와 같은 높이에 있었다. 표범이 우리 망원경 속으로 들어온 때는 10시쯤이었다. 바위 위에서 한참 졸다가 슬머시 고개를 든 녀석은 자기의 식량인 야크 쪽으로 시선을 던졌다. 독수리들이 그 짐승의 고기에 감히 몰려들지 않으리라 확신하고 있었던 걸까? 표범은 고개를 들어 하늘을 보다가 다시 어깨 사이로 움츠렸다. 녀석은 온종일 반쯤 잠든 상태였다. 녀석이 꽤 멀리 떨어져 있었기에, 우리는 서로 큰 소리로 말을 하기도 하고, 담배도 피우고, 난로도 작동시킬 수 있었다. 냉동고 같은 동굴 속에서 수프 끓는 소리는 매우 듣기 좋았다. 나는 2분마다 삼발이 쪽으로 기어가서, 망원경 렌즈에 눈을 갖다 대고 표범의 방추형 얼굴과, 체

온 유지를 위해 둥글게 말고 있는 몸통을 살펴봤다. 그 모습은 볼 때마다 감전사를 일으킬 정도로 내게 큰 기쁨을 주었다. 그것은 내 시선이 표범의 현존을 확인케 해주는 실제였다. 그날 아침의 표범은 신화가 아니고, 막연한 소망도 아니며, 파스칼의 내기 같은 것도 아니었다. 표범은 거기, 내 눈앞에 있었다. 표범의 현실은 녀석이 주도권을 갖고 있다는 점에 있었다.

표범은 다시 먹이가 있는 골짜기 바닥으로 내려가지 않았다. 오후 시간이 그렇게 흘러갔다. 순찰대(독수리, 수염수리, 까마귀)의 장례식은 행해지지 않았다. 가끔 뮈니에가 무전기로 알려왔다. "서쪽에 비오리 한 마리, 아치 위에 붉은 긴부리 까마귀들." 그는 시선이 날아가 앉는 곳마다 거기서 동물을 보거나, 그 주변 어딘가에 동물이 있다는 것을 알아맞혔다. 도시를 거닐면서 고전적인 주랑이며, 바로크식 박공, 신고딕 스타일로 증축한 부분 등을 한눈에 알아볼 수 있는 섬세한 눈을 가진 여행자의 소양과 견줄 만한 재능이었다. 문외한의 눈으로는 생명체가 있으리라곤 전혀 짐작하지 못할 땅이건만, 뮈니에에게 주어진 이 재능은 그곳이 끊임없이 빛을 발하고, 항상 풍요로운 땅임을 볼 수 있게 해주었고, 그곳에 사는 생명체들로 인해 가슴 두근거리며 이곳저곳을 이동할 수 있게 해주었다. 세상 사람들과 떨어져 보주 산악지대에서 살아가는 내 친구가 이해되었다. 뮈니에는 평온하게 풀을 뜯고 있는 초식동물들 가운데로 육식동물이 별안간 덤벼드는 장면을 포착하고, 까마귀들이 하늘에서 원을 그리며 날고 있는 이유를 아는 사람이다. 그러니 그런 그가 어떻게 인간들과 대화거리를 찾을 수 있을까? 그래도 아직 책에서만큼은 감동을 받는다고 했다. 그가 말했다. "난 열일곱 살에 학교를 떠났는데, 숲으로 들어가기 위해서였어. 그 이후로 학교 교과서는 더는 들추지 않았지만, 장 지오노[40]의 책은 모두 읽었지."

밤이 오자 표범이 그 자리를 떠났다. 천천히 일어서서 바위 뒤로 미끄러지듯 들어가더니 사라져버렸다. 우린 녀석이 돌아오길 바라며, 동굴 속에서 두 번째 밤을 보냈다. 아침까지도 녀석은 고깃덩어리 옆으로 돌아오지 않았다. 추위가 야크를 오랫동안 보존해주었다. 부리와 주둥이와 송곳니에 갈가리 찢기기 전까지는 그 상태가 유지될 것이다. 그러나 그 후엔 모든 세포조직이 살아 있는 다른 생명체들 안으로 재흡수되면서, 그 사냥꾼들을 만족시키게 되리라. 죽는 것, 그건 다른 몸으로 옮겨가는 것이다.

40 Jean Giono(1895~1970): 우리에게 이 시대에 필요한 새로운 영웅의 모습과 자연의 소중함을 깨닫게 해주고, '생명의 힘'을 불어넣어준 소설 『나무를 심은 사람』으로 잘 알려진 프랑스 작가.

영원한 회귀를 꿈꾸며

뮈니에, 레오, 마리 그리고 나, 우리는 동굴 속의 물품을 모두 챙겨서 티베트 가족이 사는 집으로 돌아갔다. 우리 중 아무도 입을 열지 않았다. 우리의 머릿속은 온통 표범 생각으로 가득 차 있었기에, 수다스러운 말로 그 꿈같은 생각에 상처를 입히고 싶지 않았다.

오래전부터 나는 풍경이 신앙을 결정한다고 믿어왔다. 사막은 엄격한 신을 부르고, 그리스의 섬들은 개성이 팡팡 튀는 신을 만들고, 도시는 오직 자기애를 향해 나아가게 만들며, 정글은 정령들을 보호한다. 갖가지 색의 앵무새들이 지저귀는 밀림 속에서도 백인 사제들이 그들의 유일신 신앙을 지키는 데 성공했다는 건, 굉장히 놀라운 위업으로 보인다.

티베트에서는 어떨까? 우선 티베트의 얼음 골짜기들은 모든 욕망을 무효화시키고, 윤회의 사고를 작동시킨다. 더 높은 곳, 폭풍에 지칠 대로 지친 고원들은 세상이 하나의 파동이며, 인생은 그저 지나가는 하나의 단계일 뿐임을 확인시켜준다. 난 늘 약하고, 어디에든 영향을 잘 받는 마음을 가졌다. 그래서 내가 있는 장소의 영성에 잘 순응했다. 누가 나를 야지디 마을에 던져놓으면, 나는 태양에게 기도했다. 하지만 갠지스 평원에 내동댕이쳐졌을 때는 '고통과 기쁨을 무심한 눈으로 보라'고 한 크리슈나 신에게 동의했다. 그런가 하면 몽다레 산악지대에 머무는 동안엔 켈트 신화에 나오는 죽음의 신, 안쿠를 꿈에서 봤다. 오직 이슬람교만 내게 영향을 미치지 못했는데, 그건 내가 형법에 취미가 없기 때문일 것이다.

여기서는 희박한 공기 속에서 생명의 레이스를 계속하기 위해, 영혼들이 일시적일 뿐인 육체들을 이리저리 옮겨 다닌다. 나는 티베트에 온 이래로 줄곧 동물들의 연속적인 삶의 무게를 생각했다. 만일 골짜기의 표범 안에 표범의 몸을 입고 있는 영혼이 있다면, 그 영혼은 살육의 7년이 지난 후엔 어떤 몸에서 피난처를 구하게 될까? 표범이 짊어졌던 짐의 무게를 과연 어떤 피조물이 받아들일까? 그리고 녀석은 어떻게 그 윤회의 사이클에서 빠져나올 수 있을까?

아담 이전 시대의 영혼은 누구든지 뚫고 들어가서 그의 시선부터 장악했다. 인간이 살아남으리라는 확신도 없이 초라한 무리를 지어서 사냥하며 살아가던 시절, 그때의 세상을 응시하던 눈도 늘 똑같은 시선이었다. 지금 저 얼룩덜룩한 반점의 털 속엔 어떤 영혼이 갇혀 있을까? 며칠 전에 눈표범이 나타났을 때, 나는 돌아가신 어머니의 얼굴을 본 것 같았다. 강인한 눈과 솟아오른 광대뼈. 어머니는 사라지는 기술, 침묵에 대한 취향, 전제주의에서 보는 완고함을 기르고 발전시켰다. 그날 내게 표범은 나의 가여운 어머니였다. 그리고 살아 있는 육체들이 모여 있는 지구라는 거대한 저장고를 통해 이뤄지는 영혼 윤회의 사상, 기원전 6세기에 지리적으로 아주 먼 두 지점인 '그리스'와 '인도-네팔 평원'에서 각각 피타고라스와 붓다에 의해 동시에 표명된 그 똑같은 사상은 내게 위로의 묘약이었다.

우린 숙소로 돌아왔다. 그리고 불꽃의 섬광이 어른거리는, 미동도 없는 아이들의 얼굴을 마주하고 차를 마셨다. 침묵, 희미한 불빛 그리고 연기. 티베트가 겨울을 나고 있었다.

근원으로부터의 분리

우리는 표범 협곡에서 열흘을 지냈다. 이제 뮈니에는 그 곳을 떠나 메콩강 근원으로 가서 사진을 찍고 싶어 했다. 우리 는 온종일 차로 달려서, 가축 사육자들의 캠프가 있는 곳에 이 르렀다. 고원은 강렬한 햇빛에 무참히 얻어맞고 있는 대초원 의 방패가 되어주었다. 북쪽에 하얀 정상들이 하늘을 향해 뾰 족뾰족 솟아 있었다. 야크를 사육하는 농장 부부가 과열된 함 석 막사 안에서 겨울을 지내는 중이었다. 완전히 텅 빈 섬. 100 마리의 야크들이 초원에서 겨울이 만들어낸 빈약한 풀을 뜯 고 있었다. 이튿날 우리는 새벽 4시에 난로 곁을 떠나서, 구불 거리는 긴 리본을 늘어놓은 듯한 길 위를 걸었다. 지도는 그것 이 메콩강이라고 말해주고 있었다. "네 시간쯤 올라가야 해요. 5,100미터쯤에 원곡元曲과 수원水源이 있어요." 안내인인 체트 린이 알려주었다. 그러니까 우리가 보고 있는 얼어붙은 냇물이 바로 아홉 개의 강으로 갈라진다고 해서 아홉 마리의 용을 뜻하는 구룡강, 곧 메콩강인 것이다. 얼음이 우지끈 소리를 냈다. 우리는 마치 온천 도시로 유명한 바덴바덴의 꽁꽁 언 운하 위에서 신중하게 온천요법을 하는 사람들처럼, 바삭하고 부서질 것만 같은 빙판 위를 조심스럽게 걸었다. 도중에 거의 뼈대만 남은 야크 한 마리를 보았다. 썩은 고기를 먹는 짐승들이 말끔하게 청소를 하는 중이었다. 남은 고기를 찢고 있다가 놀라서 날아올랐던 새들은 곧 다시 내려앉아 청소작업을 계속했다. 그전까지만 해도 동물들이 다른 동물의 영을 흡수하기 위해 사체를 게걸스럽게 뜯어 먹는 모습은 볼 만한 광경일 거라고 생각했었다. 그러나 막상 피로 물든 붉은 목과 사납게 바짝 솟은 깃털을 보니, 때가 되면 내 시신이 독수리들에게 던져지길 바랐던 욕망이 단번에 사그라들고 말았다. 새들이 피에 미쳐버린 모습을 한 번이라도 목격한 사람이라면, 이블린 묘지 안에 국화꽃으로 덮인 무덤이 훨씬 매력적이라고 생각하게 될 것이다.

얼어붙은 내를 천천히 올라가면서, 나는 그것이 메콩강이라는 것을 믿으려고 애썼다. 크메르의 눈물이자, 노란 노스텔지어, 317번째 섹션,[41] 살아 있는 붓다, 날씬하고 우아한 아프

사라스[42]의 이야기들을 담고 있는 연꽃들의 강! 달빛 색깔의 개울, 또한 분출물에서 태어난 처녀.

해발 5,100미터에서 석비 하나를 보았다. 석비에는 거기서부터 강이 시작되고 있음을 알려주는 한자가 씌어 있었다.

바위들이 계단식 지형을 이루고 있는 이곳에서 잿빛 하늘을 이고 있는 쌀 문명이 처음 시작되었다. 메콩강은 거의 5,000킬로미터 떨어진 곳까지 흘러가면서 티베트, 중국을 거쳐, 인도차이나의 평원에 있는 메콩강 삼각주를 지난다. 마르그리트 뒤라스가 중국인 연인을 만났던 곳이기도 하다. 개인적인 정사에서 공적인 작품에 이르기까지, 강물은 수많은 이야기를 적시고, 세월을 적신다. 전쟁도 있었을 것이다. 그래서 큰 강의 근원은 동양의 문제를 내포하고 있다. 이 근원은 어째서 여러 갈래로 나뉘어야만 하는가? 왜 분리되는가?

지금은 살짝 언 얼음이 시멘트처럼 자갈돌들을 서로 결합해놓았다. 그것이 근원이고, 메콩강의 도道이고, 제로 포인트

---

41   인도차이나 전쟁 기간에 4명의 프랑스 병사와 21명의 라오스 병사로 이뤄진 317소대가 8일간 겪은 전쟁 이야기를 다룬 영화의 제목이다. 피에르 쉰도르 페르 감독은 이 영화로 칸 영화제 각본상을 수상했다.

42   인도 크메르 신화 속에 등장하는 매혹적인 반半여신. 강, 구름, 번개, 별, 수목 등에 사는 물의 요정의 총칭으로, 서양의 님프에 해당한다. 배우자인 간다르바와 함께 불교, 자이나교, 힌두교의 모든 미술에 자주 등장한다.

이며, 미래의 소설이다. 여기서 흘러내리는 물은 작은 지류들과 만나 하나를 이루면서 산에 길을 열어갔을 것이다. 부드러운 공기 속에서 점점 더 해방감을 느끼는 강물은 극미동물로부터 시작해 점점 더 크고 탐욕스러운 물고기들에 이르기까지 점차 더 많은 생명을 품어갔을 것이다. 강물은 점점 더 앞으로 나아갔을 터이고, 거기서 한 어부가 그물을 던졌을 터이며, 마을 사람들이 그곳에서 마실 물을 구했을 터이다. 그리고 공장은 그곳에 오물을 쏟아냈을 것이다. 인간 세상에서는 모든 것이 세금 징수원의 손에서 끝난다. 강물은 점점 밑으로 밑으로 흘러갔을 것이고, 그 강물로 보리가 자랐을 것이다. 더 내려가면서 차, 밀, 그리고 마침내 쌀이 자랐을 테고, 지류들이 흘러가는 곳에선 과일도 자라게 되었을 것이다. 그리고 그 물에서 물소들이 목욕을 했을 것이다. 때로 표범 한 마리가 갈대숲에서 아이를 잡아먹기도 했을 것이다. 사람들은 재빨리 서로를 위로하고, 아이들은 더 많이 태어났으리라. 사람들은 더 밑으로 삶의 터전을 옮겨갔을 테고, 여자들은 매일 박테리아로 가득한 물을 길어 올렸을 것이며, 남자들은 물길을 유도하기 시작했을 것이다. 그러면서 피부색이 점점 짙어졌을 것이다. 소녀들은 다듬은 돌들로 만든 강변에서 오렌지빛 시트를 말렸을 것이고, 청년들은 높은 바위에서부터 물속으로 뛰어드는 즐거움을 누렸으리라. 물의 흐름은 점차 느려졌을 것이고, 강굽이에서는 충적토가 쌓여갔을 것이며, 강둑은 더 높아졌을 것이다. 수평선도 더 넓게 열렸을 것이며, 그런 곳엔 관개가 잘된 평원이 생겨났을 테고, 상류에 생긴 발전소로 인해 문명의 혜택을 누리게 되었을 것이다. 장날이면, 바지선들의 뱃전이 서로 닿는 일도 있었을 것이다. 강이 국경선이 되면서 국가들 사이에 분쟁도 일어났을 것이고, 순찰대들이 통행인들을 막는 일도 있었을 테고, 여러 가지 사건들도 강을 따라 일어났을 것이다. 그리고 마침내 강물은 바다와 합쳐졌을 것이다. 바다에선 백인 여행객들이 파도 속에서 수영을 즐겼을 것이다. 그들은 그 물이 언젠가 표범들이 혀로 핥아먹은 물이었다는 사실을 알고 있었을까? 표범들이 하늘에 속해 있던 그 시절에 말이다.

이 같은 운명이 바로 여기서 비롯되었다니! 뮈니에의 카메라에 쫓기던 동물들도 바로 여기 이 근원에서 태어났다. 그러고는 서로 분리되었다. 눈표범은 오래전, 5백 년 전 갈라져 나온 분기점에서 생겨났다. 지구상의 생명을 강에 비교한다면, 그 생명도 강처럼 근원과 물길과 우각호[43]를 갖고 있다. 그 생명의 흐름은 아직 끝나지 않았고, 그 삼각주도 우리는 모른다. 인간은 매우 최근의 하위구분, 다시 말해 하천의 하류에서 생겨났다. 내가 어렸을 때 본 생물학책에는 강줄기 형태로 표현된 진화의 계통분류 지도 도판이 있었다. 그런데 그 근원이 어떻게 출발했는지는 알 수 없었다.

우리 일행은 얼음이 낀 자갈밭 위에 한 시간 동안이나 서 있다가, 미끄럼을 타면서 내려왔다. 뮈니에는 그 시간 동안에도 줄곧 동물을 찾았다. 그에게 동물이 보이지 않는 텅 빈 풍경은 무덤이나 마찬가지였다. 다행히도 4,800미터 지점에서 만년설 위를 구르고 있는 늑대 한 마리를 보았다. 뮈니에는 그제야 만족스러워했다.

야크 사육자들의 캠프로 돌아가서 늑대를 봤다는 이야기를 하자 사육자가 말하길, 이곳에선 겨울엔 한두 마리의 표범들이 나타나고, 늑대는 매일 온다고 했다. 그런 말을 하면서 난로에 연료를 어찌나 꽉꽉 채워주던지, 우리는 그 온기에 온몸이 노곤해지면서 금방 잠이 들고 말았다. 그 잠이 근원에 관한 생각을 모두 가져가버렸다.

---

43 강 하류에서 강의 지류가 막혀서 된 호수. 넓은 평야에 접어들어 심하게 S자 모양으로 휘어진 지류에서 잘록한 부분이 터지고 지름길의 새로운 수로가 생기면, 기존의 하천이 고립되어 반달 또는 소의 뿔처럼 둥근 모양의 호수가 남는다. 소의 뿔과 같이 생겨서 우각호라고 하는 이 호수는 점차 습지로 변했다가 결국엔 사라지는 경우가 대부분이다.

원시 액체

다음 날 우리는 고개를 넘고 산을 넘어서 위수 시 쪽으로 향했다. 그 길을 오는 동안 한 번도 고도 4,000미터 이하로 내려간 적이 없었다. 해가 저물 때쯤, 절벽 뒤에 있는 온천으로 가는 비포장도로로 들어섰다. 헤드라이트 불빛 아래 늑대 두 마리가 지나갔다. 불빛이 늑대의 주황빛 털을 비추었다. 밤의 번갯불 같은 주황빛. 뮈니에는 급히 자동차에서 뛰어내렸다. 어둠 속에서 무장강도를 향해 타박타박 다가오는 늑대들의 모습이 내 친구를 흥분시켰다. 뮈니에가 맹수의 냄새를 찾으면서 콧구멍 가득히 찬 공기를 들이마셨다. 그는 지금까지 수많은 늑대를 봐온 사람이다. 아비시니아, 유럽, 아메리카에서 수백 마리의 늑대를 보았건만, 그래도 충족되지 않았던 모양이다.

"인간이 지나갈 땐 자동차에서 내리면 안 돼." 내가 말했다.

"그래, 인간은 얼마든지 또 지나갈 수 있으니까. 하지만 늑대가 지나가는 일은 드물지."

"그래서가 아니라, 인간은 사람에게 늑대 같은 존재란 뜻이야." 내가 말했다.

"제발 그랬으면 좋겠네." 그가 말했다.

드디어 온천에 이르렀다. 우린 절벽 뒤에 있는 야영장으로 올라가서 밤 10시, 영하 25도의 날씨에 뜨거운 물 속에 들어가 텀벙거렸다. 마리와 뮈니에와 나는 수증기에 가려졌고, 레오는 돌풍 속에서 야영장 주변을 감시했다. 천장처럼 불쑥 나온 바위 밑에서 물이 솟아 나오고 있었기에, 그 바위 밑으로 미끄러져 내려가야 했다. 뮈니에는 지난해 일본원숭이를 찍으러 간 적이 있어서, 이런 온천에 대해 알고 있었다. 그는 뜨거운 물 속에서 종유석처럼 털을 잔뜩 곤두세우고 있던 나가노 원숭이들의 모습과 그들의 붉은 얼굴을 감싸고 뿌옇게 피어오르던 수증기를 묘사했다.

그러나 그날 밤 우리의 모습은 사우나 안에서 그 지역의 자원을 놓고 열띤 협상을 벌이는 소비에트 공산당 간부들 같았다. 우린 알루미늄 튜브 안에 보관해두었던 훌륭한 쿠바 시가(에피큐르 넘버 투였다!)에 불을 붙였다. 우리의 피부는 개구리 배처럼 말랑거렸고, 하바나 시가는 마시멜로처럼 폭신거렸으며, 하늘에서는 별들이 넘실거리고 있었다.

"원시 액체 속에서 찰랑거리는 것 같군. 우린 태초의 박테리아인 거지." 내가 말했다.

"어쨌든 우린 엄청 운이 좋았어요." 마리가 말했다.

"박테리아는 절대로 냄비 밖으로 나오지 말았어야 했어." 뮈니에가 말했다.

"그랬다면 우리에겐 베토벤의 삼중 협주곡처럼 근사한 곡도 없었겠지." 내가 말했다.

둥근 바위 천장에 박혀 있는 화석들은 태초까지는 거슬러 올라가지 않는다. 그것들은 생명체의 모험에서 최근 에피소드에 지나지 않았다. 생명체는 45억 년 전에 물과 물질과 가스의 혼합으로 태어났다. '바이오bio'는 겉보기엔 서로 관계가 없는 것 같지만(번식하려는 의지 외엔), 시간적 간격을 두고 전혀 다른 모습으로 나타났다. 지의, 큰고래, 그리고 인간.

시가의 연기가 화석들을 부드럽게 어루만졌다. 나는 여덟 살에서 열두 살 사이의 유년 시절에 화석 카탈로그를 갖고 있어서, 화석의 이름을 모조리 꿰고 있었다. 큰 소리로 그 이름들을 외우곤 했는데, 화석의 학명들을 열거하면 한 편의 시처럼 들렸었다. 암모나이트, 나우틸루스(앵무조개), 트릴로바이트(삼엽충)…… 이런 생물체들은 5억 살의 나이를 갖고 있다. 한때 세상에 군림했던 이 생물체들은 나름대로 걱정거리를 지니고 있었다. 자기방어, 영양 공급, 계통 존속…… 이들은 아주 작았고, 아주 먼 옛날에 살았었다. 그러나 이제는 모두 사라졌고, 현재 지구를 섭정하고 있는(최근부터 언제까지 존속할지는 모르지만, 일시적일 거라는 건 확실하다) 인간은 이전의 생물체들을 무시하고 있다. 그러나 그들의 생은 인간이 출현하기까지의 여정에서 분명히 한 단계를 구성하고 있었다. 어느 시점에서 갑자기, 생물체들이 물속에서 밖으로 나왔다. 모험심이 특히 강했던 몇몇 개의 종이 모래톱에 올라앉아서, 한 모금의 공기를 들이마셨다. 그 첫 번째 공기 호흡에서부터 지금의 우리가 여기 있게 된 것이다. 인간과 육지 동물들이.

온천욕에서 나왔을 때가 내 삶에서 가장 쾌적한 순간이었을까? 아니다. 미지근한 해초들 위를 알몸으로 걸어야 했고, 중국 장화를 신은 채 뛰어야 했고, 캐나다 산의 거대한 조끼를 입어야 했으며, 영하 20도의 공기 속에서 다시 텐트로 돌아가야 했다.

한마디로, 생명체의 역사는 원시의 액체에서 나와 어둠 속을 기어 피난처를 찾아가는 것이다.

돌아가리라!

다음 날, 우리는 고원을 지나서 위수 시 쪽으로 달렸다. 운전기사가 연꽃과 관련된 기도문을 중얼거리며 비포장도로를 내달렸다. 그는 아마도 돌아가는 것, 다시 말해 죽는 것이 몹시 급했던 모양이다. 부릉거리는 소리가 내겐 자장가처럼 들렸는데, 그것이 의태 효과를 가져와서 나는 헤라클레이토스가 주장하는 판타레이(만물은 유전한다)를 흥얼거렸다. "모든 건 지나가고, 흘러가고, 사라진다." 그리고 그 문장을 다시 내 방식으로 고쳐서 읊조렸다. "모든 건 죽고, 다시 태어나고, 다시 돌아가서 죽고, 자기를 먹으면서 살아간다." 어느덧 도시가 가까워지고 있었다. 누더기를 걸치고 사원 쪽으로 기어가는 걸인 차림의 사람들을 만났다. 그들은 헤라클레이토스처럼 생각하는 자들이지만, 그런 일반적인 사이클은 기뻐하지 않았다. 그들이 원하는 건, 그 영원한 사이클에서 벗어나는 것이었다. 특히 개로 환생하거나 더 끔찍하게는 나그네로 환생하지 않기 위해서 특별수당을 얻으려고 노력했다. 말하자면 그들은 영원한 시작을 끝내고 싶어 했다. 쉼 없이 되풀이되는 윤회는 그들에게 저주였다. 운전기사는 오체투지(무릎을 꿇고 두 팔꿈치를 땅에 댄 다음 머리가 땅에 닿도록 절하는 불교의 예법)를 하는 자들에게 가까워지자, 속도를 늦추려고 신경 썼다. 순례자를 치어서 악행을 쌓는 일이 더는 없기를 바랐다. 난 창유리를 통해서 그 무리를 바라보았다. 우리의 과학기술 지상주의 시대는 동물, 다시 말해 움직이는 동체의 시대가 되었다. 서구에서 21세기 초반의 섭정이라는 사고는 인간의 움직임, 상품의 유통, 자본의 흐름, 사고의 소통을 미덕으로 제정했다. "나아가라!" 지구라는 행성의 원형교차로에서 교통정리를 맡은 결정기관이 명령한다. 지금까지의 문명들은 식물성 원칙에 따라서 무르익었다. 수세기 속에 뿌리를 내려 영토로부터 완전한 영양물을 퍼 올리고, 기둥이 되는 줄기를 건축하고, 꼭 필요한 가시들을 사용하여 이웃한 식물로부터 자신을 보호하면서, 변하지 않는 태양 아래 팽창과 성장을 촉진해온 것이다. 그런데 이제 그 양상이 변했다. 이후로는 전 세계를 뒤덮고 있는 사바나에서 빨리 그리고 끊임없이 움직여야 했다. 동물성 원칙으로 바뀐 것이다. "지구인들이여, 앞으로 나아가라! 유통하고 순환하라! 여기선 볼 만한 게 없으니, 꾸물거리지 말고, 빨리 지나가라!"

위수 시로 가기 전의 마지막 고개를 넘어갈 때, 브레이크에 이상이 생겼다. 운전기사는 핸드브레이크를 사용해 커브를 시도하면서, 지나가는 차와 사람들을 향해 피하라고 소리를 질렀다. 그러면서 병적이고 불교적인 이상한 반사행동에 따라, 브레이크가 말을 듣지 않는다는 것을 안 순간부터 액셀러레이터를 밟았다. 그의 숙명론으로부터 행복한 영향력을 받았는지, 난 그의 행동이 논리적이라고 이해되었다. 이런 청명한 아침에 삶을 끝낸다 한들, 뭐 어떤가! 산들은 여전히 반짝였고, 동물들은 여전히 능선에서 군림했다. 그러니 우리가 여기서 사고사를 당한다 해도, 마지막 남은 표범들의 윤회에는 아무 변화도 없을 것이다.

야생의 위로

표범을 만나지 못했더라면, 나는 끔찍하게 실망했을까? 오존 속에서 보낸 3주간은 데카르트 철학의 신봉자인 유럽인을 내 안에서 완전히 제거하기에 충분치 못했다. 난 소망에 무감각하기보다는 여전히 꿈을 실현하는 쪽이 더 좋았다.

실패를 맞닥뜨렸을 경우, 티베트 고원이나 갠지스 강변의 혹서에 그을린 동양의 철학들은 포기의 훈련을 상기시키며 위로했을 것이다. 말하자면 표범이 나타나지 않았어도, 표범이 나타나지 않았다는 것으로 인해 기뻐하는 식이다. 그것이 피터 매티센이 보여준 운명론자적인 방법이었다. 스스로 외면하면서, 만물의 덧없음을 인정하는 것이다. 라퐁텐의 우화에 나오는 여우가 그랬다. 포도가 너무 높이 달려서 딸 수 없음을 알게 된 여우는 어차피 그 포도는 시어서 맛이 없었을 거라고 애써 포도를 무시했다.

『바가바드기타』의 신성한 교훈에 나를 맡겼을 수도 있다. 그랬다면 스승인 크리슈나가 아르주나에게 주었던 가르침을 따랐을 것이다. 크리슈나는 성공과 실패를 똑같은 마음으로 바라보라고 했다. '네 앞에 표범이 있다면, 기뻐하라. 표범이 거기 없다고 해도 역시 똑같이 기뻐하라.' 크리슈나는 분명 내게 그렇게 속삭였을 것이다. 아, 『바가바드기타』는 얼마나 놀라운 아편 같은 효과를 내는지! 크리슈나가 '잠'이라는 다른 이름, 곧 영혼의 평등을 가져오는 바람으로 세상을 요철 없는 평원이 되게 만든 것은 얼마나 옳은 행동이었는지!

아니면 나는 다시 '도'의 가르침으로 돌아왔을 수도 있다. 그래서 현존과 동등한 의미를 지닌 부재에 대해 고찰해봤을 것이다. 그래서 표범을 못 보았다는 건, '보는' 또 하나의 방법이 되었으리라.

마지막으로, 붓다의 교훈을 따랐을 수도 있다. 아름다운 정원을 소유한 왕자였던 붓다는 기다림처럼 고통스러운 건 없다고 가르쳤다. 그러니 아예 돌밭 위를 돌아다니는 짐승을 만나고 싶은 욕망 자체를 털어버리는 것으로 충분했으리라.

아시아, 그 땅은 윤리의 약제 일람표이고, 그 약제들은 결코 고갈을 모른다. 서구 역시 나름의 치료법을 소유하고 있는데, 하나는 기독교적 질서이고, 다른 하나는 자기도취라는 현대적 기법이다. 가톨릭교도들은 자기도취와 기독교적 요소를 반반씩 섞은 전략으로 고통을 치유했다. 그 전략은 자신의 실망을 기뻐하는 것이다. '주님, 내가 표범을 못 본 건, 내가 표범을 받아들일 만한 자격이 없기 때문입니다. 표범을 만나는 허영에서 나를 건져주셔서 감사합니다'. 현대인은 비난이라는 방법을 사용한다. 실패라는 생각을 받아들이지 않기 위해선, 스스로를 희생자로 여기면 된다. 말하자면 난 이렇게 한탄할 수도 있었다. '뮈니에가 자리를 잘못 잡았기 때문이야. 또 마리는 왜 그렇게 부스럭대던지! 게다가 하필 부모님이 내게 근시를 물려주실 건 또 뭐야! 더 결정적인 건 부자들이 표범을 너무 많이 잡았다는 거야. 아, 난 너무 불쌍해!' 이런 방식은 비난할 자들을 찾는 일에 시간을 다 빼앗기고, 자기 성찰할 시간이 없게 만든다.

하지만 난 자신을 위로할 이유가 없다. 돌처럼 강인한 정신을 가진 멋지고 우아한 그 모습을 보았기 때문이다. 내 속눈썹 아래로 미끄러져 들어온 표범의 이미지가 내 안에 생생하게 살아 있다. 눈을 감으면, 고결하면서도 오만한 고양잇과 동물의 정면 모습, 섬세하면서도 잔인한 주둥이 쪽으로 주름이 모아진 얼굴선이 뚜렷이 떠오른다. 난 표범을 보았다, 불을 훔친 것이다. 이젠 내 안에 불씨를 갖게 되었다.

이번 여행에서 나는 인내심이야말로 가장 우아하면서도 가장 망각하기 쉬운 최고의 미덕이라는 것을 배웠다. 인내심은 세상을 변화시켜야 한다고 주장하기 전에 먼저 세상을 사랑하도록 도와준다. 그 미덕은 가냘픈 이파리의 떨림 앞에서도 가만히 앉아 그 장면을 즐길 수 있게 해준다. 인내심은 주어진 상황에 대한 존중의 표현이다.

그림 한 폭을 그리는 것, 소나타 한 곡을 작곡하는 것, 혹은 시 한 편을 쓰는 것은 어떤 속성을 허락해줄까? 인내심이다. 인내심은 똑같은 파동 안에서도 시간을 길게 여길 위험과 지루함을 느끼지 않는 방법을 동시에 제공하면서, 항상 보상을 얻게 해준다.

기다림은 일종의 기도이다. 어떤 응답이든 오게 되어 있다. 만일 아무것도 오지 않았다면, 그건 우리가 보는 방법을 몰랐기 때문이다.

세상의 감춰진 이면

세상은 보물상자였다. 인간이 그 보물에 손을 대는 바람에, 보석은 희귀해졌다. 때로 우린 그 빛나는 것 앞에 설 때가 있다. 그럴 때 지구는 강렬한 빛으로 반짝인다. 심장은 더 빨리 고동치고, 정신은 비전으로 풍성해진다.

동물들은 흥미진진한 존재들이다, 보이지 않기 때문이다. 나는 망상에 사로잡히지 않았다. 다시 말해 우리가 동물의 신비를 간파할 수 없음을 분명히 알고 있다는 말이다. 생물학은 그들의 기원을 우리로부터 아주 멀리 떼어놓고 있다. 인류는 그들에게 전적인 전쟁을 선포했었다. 그리고 완전박멸이 거의 끝났다. 우린 동물들에게 아무런 할 말이 없고, 그들은 물러났다. 그러니 우린 승리했다. 이제 인류는 우리가 어떻게 이처럼 지구를 빨리 청소할 수 있었는지 자문하면서, 동물들 없이 홀로 남게 될 것이다.

뮈니에는 이번 여행에서 내게 조언하기를, 베일의 한쪽 끝을 살짝 들고서 지구의 군주들이 방황하는 모습을 주의 깊게 살펴보라고 했었다. 마지막 남은 표범, 티베트 영양, 야생 당나귀는 쫓기고, 도망치고, 필사적으로 숨으며 간신히 살아남았다. 그런 녀석들 가운데 한 마리를 본다는 건, 사라진 아름다운 질서, 곧 동물과 인간이 아주 오래전에 맺었던 고대의 협약(한쪽은 살아남는 일에 열중하고, 다른 한쪽은 시를 쓰고, 신들을 만들어내는 일에 열중하기로)을 보는 것이었다. 이유는 설명할 수 없지만, 뮈니에와 나는 그 오래된 신의의 서약에 대한 노스탤지어를 경험했다. '넘어진 것들에 대한 우울한, 변함없는 사랑.'[44]

지구는 숭고한 박물관이었다.

불행히도, 인간은 관리자가 아니었다.

잠복이라는 행위는 숨돌릴 겨를조차 갖지 말라고 명령한다. 예민함을 필요로 하는 그 훈련이 알려준 비밀은 수신하는 주파수의 조절 능력이 향상된다는 것이다. 난 티베트에서 보낸 이 몇 주일만큼 강렬한 감각의 떨림을 느끼며 살았던 적이

---

44   빅토르 위고Victor Hugo, 『징벌Les Châtiments』—원주

한 번도 없었다. 이제 집에 돌아가면, 계속해서 온 힘을 다해 열심히 세상을 바라보고, 세상의 어두운 영역도 샅샅이 살펴볼 참이다. 하루 일정표에 표범이 있느냐 없느냐는 중요하지 않다. 잠복은 이제 행동방침이다. 그럴 때 삶은 결코 시시하게 지나갈 수 없다. 우리 집의 보리수 밑에서도, 하늘의 구름을 바라보면서도, 심지어 친구들과 함께한 식탁에서도 잠복은 가능하다. 세상엔 우리의 생각보다 훨씬 더 많은 것들이 불시에 나타난다.

비행기라는 거대한 교통수단이 아침에 우리를 청두로 데려다주었다. 비행기 안에서 레오는 책을 읽었다. 마리는 뮈니에한테서 시선을 떼지 않았고, 뮈니에는 창을 통해 밖을 내다보았다. 그러니까 사랑은 '같은 방향'을 바라보는 것을 의미하지 않는다. 마리는 미래를 생각하고, 뮈니에는 표범들에게 안녕을 고했다. 나는 지금은 곁에 없는 내 사랑하는 여인들을 생각했다. 어머니와 숲속의 여인. 표범이 나타날 때마다, 두 여인은 내게 자신들의 빛을 비춰주었다.

1천5백만 명의 주민이 사는 청두는 유럽인들에겐 잘 알려지지 않은 도시이고, 중국인들에겐 중간 정도의 도시이다. 전구 불빛으로 환히 밝힌 골목길마다 진열대에 고깃덩어리들이 걸려 있고, 그 고깃덩어리들이 흥건한 물웅덩이 위에 비치고 있었다. 그런 광경이 우리에겐 광기의 SF 작가 필립 K. 딕의 악몽 속에 나올 법한 장면처럼 보였다.

자정이 다 된 시각, 우린 조용한 군중들 틈에 섞여 걸었다. 느린 파도가 일렁이듯 조용하게 움직이는 우리의 종족들. 그렇게 많은 사람이 서로 뒤엉키지도 않고서 군대식 훈련이라든가 명령하는 사람 하나 없이 행진하는 모습이 프랑스의 소시민인 내겐 이상하게 보였다.

내일 우린 파리로 돌아갈 것이다. 지금은 남은 밤시간을 보내야 할 때다. 우린 시내의 공원으로 가자는 데 의견이 일치했다. 별안간 뮈니에가 외쳤다.

"저기 위에!"

올빼미 한 마리가 날개에 레이저 불빛을 맞고 놀라서 공원 쪽으로 달아났다. 뮈니에는 여기서도 야생의 시그널을 좇고 있었다. 동물의 세계와 한 인간 사이에 맺어진 암묵적인 계약이 묘지 같은 도시 안에서의 체류를 견딜 수 있게 해주었다. 나는 마리와 레오에게 폴리네시아의 조난자, 타바에의 이야기를 들려주었다. 그는 태평양에서 카누 한 척을 타고 몇 달 동안 표류 중이었는데, 매일 물동이로 건져 올린 플랑크톤을 응시하다가 마침내 그 극미세동물과 대화까지 하기에 이르렀다고 한다. 그 훈련이 조난자에게 자신의 처지와 정면 대결하는 것, 즉 절망에 빠지는 것을 피하게 해주었다.

한 마리의 동물을 관찰하는 것은 밖을 내다볼 수 있는 작은 틈새 구멍에 눈을 갖다 대는 것이다. 문 뒤, 세상 뒤편을 볼 수 있도록. 세상의 뒤편은 어떤 언어로도 표현할 수 없고, 어떤 붓으로도 그려낼 수 없다. 가느다란 섬광 같은 것만 겨우 포착할 수 있을 뿐이다. 윌리엄 블레이크는 『지옥의 격언』에서 이렇게 말했다. "대기를 가르며 나는 아주 작은 새도 너의 오감에 문을 닫고 있는 거대한 열락悅樂의 세계라는 것을, 너는 알지 못하는가?" 네, 윌리엄! 뮈니에와 나는 우리가 깨닫지 못한다는 것을 압니다. 그걸 알았다는 것만으로도 우리는 충분히 기쁩니다.

때로는 굳이 동물을 보지 않아도 된다. 단지 그들의 존재를 상기하는 것만으로도 위안이 된다. 로맹 가리가 『하늘의 뿌리』 앞부분에서 이야기한 것처럼, 강제수용소에 갇힌 사형수들은 코끼리들이 아프리카 대초원을 거니는 장면을 그려보면서 정신적으로 버텨낼 수 있었다.

공원에 도착했다. 장터엔 사람이 아주 많았다. 회전목마가 돌아가고, 확성기들이 소리를 지르고, 튀김 요리에서 모락모락 피어오르는 김이 반짝거리는 불빛을 에워쌌다. 아무리 놀기 좋아하는 피노키오라도, 여기서는 피곤을 느꼈을 것이다. 여기저기에 공공연하게 공산당을 대놓고 선전하는 광고판들이 보였다. 중국 인민은 두 개의 영역에서 실패했다. 정치 영역에서 보자면 중국 인민은 사회주의적 강압을 받았고, 경제 영역에서 보자면 자본주의 빨래통에 넣어 마구 돌려졌다. 그들은 신호 깃발에 관한 알고리즘과 망치라는, 현대적 희극에서 보는 두 개의 머리를 가진 칠면조였다. 레이저 불빛으로 가득한 세상에 과연 올빼미들이 쉴 자리가 아직 남아 있긴 할까? 불행한 자들의 마지막 즐거움인 고독과 침묵을 전 세계적으로 증오하고 있는 오늘날, 이런 세상에 어떻게 표범들이 다시 돌아올 수 있을까?

그러나 굳이 그런 불안감에 사로잡힐 필요가 있을까? 우리 눈앞엔 아직도 멋진 회전 놀이기구들과 아이스크림이 있으니, 불평할 게 뭐란 말인가? 장터 축제가 계속되고 있다, 합류하지 않을 이유가 있을까? 모두 모여 춤을 추고 있는 판에 동물들이 뭐가 중요한가?

뮈니에가 공원에서 나가자고 졸랐다. 그는 이런 카니발이 몹시 신경에 거슬리는 사람이다. 그러나 뮈니에는 강인한 정신력을 갖고 있다. 공원 문을 지나는데, 그가 하늘을 가리키며 말했다. "달 좀 봐!" 보름달이었다. "저 달이 우리 눈이 닿을 수 있는 최후의 야생 세계야. 공원 안에서는 알록달록한 불빛과

장식들 때문에 달이 안 보이더라고." 그때만 해도 그는 1년 후 중국인들이 달의 뒷면에 달 탐사 로봇을 착륙시킬 거라는 사실을 알지 못했다.

우리는 지구와 결별했다.

이제 우주는 인간을 알아가는 법을 배워갈 것이다.

어둠이 내렸다.

안녕, 표범들이여!

뱅상 뮈니에가 티베트 고원에서 여러 날 머무르며 찍었던 사진들은 코발란 출판사에서 발간한 사진첩 『티벳 광물 동물*Tibet minéral animal*』에 실려 있다(실뱅 테송의 시들과 함께).

옮긴이 · 김주경

이화여대 불어교육학과와 연세대학교 대학원 불문학과를 졸업하고 리옹 2대학 박사 과정을 수료하였다. 현재 전문 번역가로 활동하고 있으며 옮긴 책으로는 『엄마를 위하여』, 『느리게 산다는 것의 의미』(1, 2, 3권), 『흙과 재』, 『성경』, 『교황의 역사』, 『인간의 대지에서 인간으로 산다는 것』, 『인생이란 그런 거야』, 『토비 롤네스』 외 다수가 있다.

눈표범

초판 1쇄 발행 · 2020년 7월 7일

지은이 · 실뱅 테송
옮긴이 · 김주경
펴낸이 · 김요안
편집 · 강희진
디자인 · 부추밭

펴낸곳 · 북레시피
주소 · 서울시 마포구 신수로 59-1
전화 · 02-716-1228
팩스 · 02-6442-9684
이메일 · bookrecipe2015@naver.com | esop98@hanmail.net
홈페이지 · www.bookrecipe.co.kr | https://bookrecipe.modoo.at/
등록 · 2015년 4월 24일(제2015-000141호)
창립 · 2015년 9월 9일

ISBN 979-11-90489-13-3 03860

종이 · 화인페이퍼　인쇄 · 삼신문화사　후가공 · 금성LSM　제본 · 대흥제책

이 도서의 국립중앙도서관 출판예정도서목록(CIP)은 서지정보유통지원시스템 홈페이지 (http://seoji.nl.go.kr)와 국가자료공동목록시스템(http://www.nl.go.kr/kolisnet)에서 이용하실 수 있습니다. (CIP제어번호: CIP2020024444)